La trovatella di Milano

Carolina Invernizio

Alle Signorine

Amelia, Zaira e Pia Salani

Cinque anni fa, quando vi conobbi, eravate ancora bambine colla gonnella corta, i capelli disciolti e il grembiulino. Eppure vi mostravate già amantissime della lettura e quante volte vi sorpresi o nascoste in un angolo del vostro giardino o in una sala appartata della tipografia di vostro padre, tutte intente a divorarvi qualche libro nuovo, appena uscito dalla macchina, neppure rilegato... E davate già i vostri giudizii pronti, ingenui, spontanei, col sorriso infantile sulle labbra, gli occhi brillanti di emozione.

Oggi, fatte giovinette bellissime, piene di senno, con un delicato gusto artistico e letterario, non vi compiacete che di quei libri, i quali rispondono ai sentimenti gentili della vostra anima, vi dischiudono dinanzi l'orizzonte abbagliante, accarezzato dalla vostra giovanile fantasia, aprono il vostro cuore alle prime, soavi emozioni della vita.

Ecco perchè i miei libri hanno sempre trovato grazia presso di voi e perchè oggi vi dedico questo mio lavoretto.

Si dice che la più bella pagina di un libro sia quella, sopra cui cade una lacrima. Orbene: se la mia Trovatella di Milano farà sgorgare dai vostri occhi una lacrima di commozione e di pietà, voi avrete ricompensato abbastanza il mio amor proprio di scrittrice, la mia tenerezza di amica sincera ed affezionata.

Un bacio a tutte di cuore.

Firenze, Giugno 1889.

CAROLINA INVERNIZIO.

CAPITOLO PRIMO.

La maschera misteriosa.

La mezzanotte era ribattuta a tutti gli orologi della città, quando Maria, la bella guantaia di Porta Vittoria, si decise chiudere il suo negozio. Aveva fatto così tardi, perchè era l'ultimo giorno di carnevale e gli avventori non erano mancati.

Maria appariva stanca, abbattuta. I suoi grandi occhi azzurri, lieti e brillanti, si mostravano leggermente velati; i capelli finissimi castani, le cadevano in disordine sul collo e sulla fronte; le guancie aveva pallide, la piccola bocca sorridente, un po' scolorita.

Tuttavia era sempre affascinante: un abito di panno verde con corsaletto di panno bianco ricamato in spighetta dorata, dava risalto alla grazia delle tornite spalle e faceva spiccare la vita sottile, flessibile: alla leggiadra semplicità del suo portamento, univa un'altera castità.

Messi gli sporti alle vetrine, Maria stava per ritirarsi, quando un individuo mascherato, che veniva correndo dalla parte del bastioni, si slanciò nel negozio, respingendo indietro con un urto la giovine ed esclamando con voce soffocata:

—Per pietà, nascondetemi, salvatemi.

Nel primo sbalordimento, Maria era per chiamare aiuto; ma l'individuo si era tolta la maschera e mostrava un viso così gentile, animato dal fulgore di due occhi nerissimi e da un sorriso così incantevole, che la giovine si affrettò a chiudere l'uscio e mettervi il catenaccio.

—Eccovi al sicuro—disse quindi colla sua voce fresca, armoniosa—ma non posso già tenervi qui tutta la notte.

—Nè io abuserò a lungo della vostra gentilezza; mi basta far perdere le mie traccie.

Maria sussultò, guardando con maggiore curiosità lo sconosciuto. Egli indossava un ampio domino nero, che aprendosi sul dinanzi, lasciava scorgere al disotto un ricco costume di raso celeste e argento: il cappuccio del domino essendogli caduto sulle spalle, mise allo scoperto una testa bionda e ricciuta come quella di un fanciullo.

—Eravate dunque inseguito?—chiese la giovine arrossendo alquanto.

—Sì, ma spero non mi prenderete per un ladro o qualche malfattore travestito, sorpreso dalle guardie: chi mi seguiva è un mio nemico ed io avevo le mie buone ragioni per non cadere nelle sue mani.

Poi cambiando vivamente discorso:

—Mi dispiace darvi incomodo—aggiunse—voi forse stavate per recarvi al riposo.

—È vero, ma se starò alzata un'ora di più, non ne soffrirò. Abito qui sopra: dalla retrobottega, posso salire in casa.

—State sola?

—Ho con me la mamma, ma ella, povera vecchia, va a letto presto.

—Non avete paura giovane e bella come siete rimanere senza alcuno, di notte, in negozio?

Maria alzò il bel capo con alterezza, schiuse le labbra al sorriso e fissando sul giovane uno sguardo calmo e sicuro, che annunziava la perfetta quiete della sua anima.

—Paura?—esclamò—E di chi? I ladri farebbero un magro bottino e in quanto a me, se qualcuno ardisse insultarmi, saprei difendermi.

Il suo viso, l'atteggiamento, esprimevano una tale energia, che lo sconosciuto la guardò con viva ammirazione.

—Sapete a cosa penso?—-disse dopo un momento di espressivo silenzio, appoggiandosi con un gomito al banco, mentre la guantaia rimetteva in ordine alcune scatole negli scaffali.

—Che volete che sappia se non me lo dite.—rispose volgendosi a riguardarlo.

—Penso che si deve essere molto felici amati da voi.

Un vivace rossore salì alle guancie di Maria: ella alzò graziosamente le spalle.

—Io non amo alcuno.—disse.

Egli scosse dolcemente il biondo capo.

—Non è possibile.

Maria ebbe un sorriso affascinante.

—Avete ragione, vi ho ingannato: amo, anzi adoro… mia madre.

Poi ritornando seria e come pigliasse un'improvvisa risoluzione.

—Temete signore—chiese—che la persona, dalla quale eravate inseguito, vi abbia veduto entrar qui?

—Spero di no, avevo molto vantaggio su di lei, tuttavia scommetto che sta perlustrando la strada…

—Se ascoltaste un mio consiglio, cangereste d'abiti.

—Potete procurarmene degli altri?

—Ve ne posso dare uno dei miei.

—Un travestimento da donna? Ebbene, perchè no? Siamo di carnevale: accetto.

—Attendete un momento: vado a prepararvi quanto può occorrervi.

Disparve nella retrobottega, lasciando solo lo sconosciuto. Allora il viso di questi subì una trasformazione: la fronte gli si corrugò come quella dì un vecchio: i suoi occhi presero un'espressione dura, quasi crudele, le sue labbra si raggrinzarono.

—Che disdetta!—mormorò—Eppure avevo sperato di raggiungere il mio intento! Ma prenderò la mia rivincita e prima che egli giunga a possedere Adriana, lo voglio morto.

Si ricompose, perchè Maria rientrava.

—Signore—diss'ella con semplicità e franchezza—andate a cambiarvi: troverete tutto pronto: io vi attendo qui.

Rimase in piedi, presso il banco, meditabonda. Non sentiva più la stanchezza, si trovava sotto il fascino di una potente emozione, senza saper spiegarsene il perchè.

Maria era usa servire degli avventori giovani, belli, eleganti; molti si recavano appositamente da lei, per avere l'occasione di ammirarla, sussurrarle qualche dolce parola, farle un po' di corte. La guantaia accettava sorridendo quegli omaggi e dichiarazioni, ma non incoraggiava alcuno; il suo cuore era rimasto fino allora tranquillo, la sua riputazione d'onestà non aveva ricevuta la più piccola macchia.

Ma in quella notte, la presenza dello sconosciuto le cagionava un insolito, involontario turbamento: il cuore le batteva a colpi precipitosi. Avrebbe voluto sapere chi egli fosse, da qual luogo era fuggito in quel costume e perchè lo perseguitavano.

Fu scossa nel vederlo ricomparire: le sue guancie si infiammarono ed un sorriso, un po' tremulo, inarcò le sue rosee labbra.

Vestito da donna, egli sembrava ancora più carino, civettuolo. Se due piccolissimi baffetti biondi non gli avessero ombreggiata la bocca, si sarebbe davvero potuto prendere per una leggiadra ragazza. Non mostrava alcun impaccio sotto quegli abiti femminili, anzi il suo elegante personale, pareva aver acquistato maggiore sveltezza ed elasticità.

—Come vi sembra che stia?

—A meraviglia, nessuno vi riconoscerà, specialmente se abbasserete il velo del cappello.

—Volevo guardarvi ancora una volta.

Per nascondere il suo rossore e la sua confusione, Maria si affrettò a rivolgersi ed a togliere il catenaccio dalla porta.

—Fermatevi—esclamò con vivacità lo sconosciuto—voglio dirvi che domani vi rimanderò i vostri abiti e pregarvi a non serbare di me una triste impressione, a perdonarmi.

Maria invece di rispondere, dischiuse la porta e dopo aver guardato al di fuori, rivolse il viso, ritornato pallido ed alquanto serio, verso il giovane.

—La via è libera—disse—potete uscire, signore.

Lo sconosciuto con un moto pronto al pari dell'idea, afferrò con ambe le mani la bella testa della guantaia, depose sulle labbra di lei un bacio infuocato, poi slanciandosi in istrada, scomparve.

A Maria le parve che con quel bacio, egli le avesse portata via l'anima, tanto fu scossa sino in fondo al suo essere.

Rimase un istante come svenuta, con gli occhi umidi, le labbra frementi...

Poi sembrò respingere dentro di sè quell'impressione e il suo viso riprese l'abituale serenità.

Rinchiuso accuratamente l'uscio, spense il lume e passata nella retrobottega, senza osservare gli abiti lasciati dal giovane, prese una lucernetta ad olio e per una scaletta di legno, salì alla camera da letto, l'unica stanza di quel magazzino.

Era addobbata modestamente, ma di una pulitezza che incantava. Il suolo si mostrava lucidissimo, le pareti parevano colorite di fresco.

Due letticcioli di ottone, separati da un tavolino da notte, un armadio di noce, quattro seggiole intarsiate, un divano di cuoio, uno specchio con cornice di rame dorato, un porta-abiti di ferro verniciato, compivano il mobiglio della camera.

Maria entrò in punta di piedi e facendo con una mano riparo alla fiamma della lucerna, si avvicinò ad uno dei letti e si pose a contemplare il viso soave, sebbene appassito dagli anni, di una donna, che dormiva profondamente, appoggiando il capo all'alto del capezzale, sul braccio ripiegato.

Sul vago sembiante di Maria apparve un'espressione di tenerezza, di contento.

Quel sonno calmo, quella respirazione dolce e misurata,
L'atteggiamento stesso tutto pace, rassicurarono la bella guantaia.
Sua madre nulla aveva sentito: ella poteva nasconderle la strana
avventura di quella notte.

Si ritrasse pian piano e deponendo la lucerna in un angolo, si dispose a coricarsi.

CAPITOLO SECONDO.

Cuore di popolana.

Nel 1848, diciotto anni prima della scena raccontata, allorchè il popolo milanese si sentì l'animo di scuotere il giogo austriaco, nelle gloriose cinque giornate, anche le donne presero parte alla sollevazione, mostrando come l'amore della libertà possa rendere anche i più deboli, audaci ed invitti.

Fra quelle che più si distinsero, vi fu la Luigia Battistotti maritata Sassi, la quale deposti gli abiti femminili, sotto le spoglie di fuciliere, corse nelle vie a cercare il pericolo, incoraggiando ovunque, colla sua presenza, i combattenti; la Giuseppina Lazzeroni, una bella giovinetta che seguì a Ponte Vetero il fratello e combattè intrepidamente al suo fianco, comunicando il suo ardore agli altri, facendo prodigi di valore; infine Annetta Durini, che fu compagna al marito nelle barricate di porta Tosa, ora Vittoria, dove il coraggioso popolano trovò la morte.

La moglie che se lo vide cadere ai piedi, non si abbandonò ad atti di dolore, di disperazione: inginocchiatasi, baciò con rispetto quella fronte crivellata di palle, tolse dal collo del morto una sciarpa inzuppata di sangue, che nascose in seno, poi sorse animosa, ricominciando a combattere.

L'idea di vendicare quel prode, che ella avea tanto amato, accrebbe la sua energia, la fece comparire come trasfigurata. Annetta Durini aveva oltrepassati i quarant'anni; ma la freschezza della carnagione, gli occhi scintillanti, i denti bianchissimi, i capelli folti e neri, la facevano apparire assai più giovine.

Indossava un abito corto, stretto ai fianchi opulenti, un corsaletto le cingeva il busto scultorio; portava il cappello all'italiana; al collo teneva un fazzoletto di seta negligentemente annodato, in mano la carabina, alla cintura un pugnale ed una pistola.

A Porta Tosa, ebbe il cappello portato via dalle palle nemiche, per aver difesa una famiglia, che stava per cadere in mano ai Croati; più tardi, mentre confortava un moribondo, fu ferita alla nuca. Tuttavia non si scompose e malgrado il sangue che le pioveva sul collo e sulle mani, continuò il suo pietoso ufficio.

Durante le cinque giornate, Annetta non posò mai le armi; ma allorquando gli Austriaci ebbero provato invano il ferro ed il fuoco contro la città protetta da un santo diritto; quando tanto peso di forza brutale, dovette cedere alla generosa audacia, all'eroismo dei prodi milanesi, che con tanto sangue pagavano la loro libertà; la coraggiosa popolana, affranta dalle fatiche, spossata da lungo digiuno, si ritrasse alla sua abitazione, in una di quelle poche case di Porta Tosa, che non erano state completamente devastate dalle fiamme e dal saccheggio. Per la prima volta, dopo tanti giorni di lotta, di energia, Annetta nell'entrare in quella casa fu assalita dallo scoraggiamento, da una muta disperazione.

Ormai ella avrebbe cercato invano nelle sue stanze il volto adorato del marito: non avrebbe più intesa la voce di lui, nè si sarebbero potuto rallegrare insieme della vittoria ottenuta. Di più non aveva un figlio che le ricordasse quelle care sembianze, un figlio in cui trasfondere tutto l'amore che aveva portato all'eroico defunto. Rimaneva sola al mondo.

Salì le scale a stento, sentendosi piegare le gambe, cogli occhi velati dalle lacrime. Ma ad un tratto ristette come sbalordita. Era giunta sul pianerottolo e dinanzi al suo uscio, stesa nel vano, eravi una bambina di forse due anni o poco più, di una bellezza angelica, vestita di bianco, ma tutta bruttata di sangue, immobile, cogli occhi chiusi, come se fosse morta.

Chi era? L'avevano uccisa su quella soglia? Vinto il primo moto di raccapriccio, Annetta sollevò la fanciullina nelle sue braccia, accostò il suo orecchio al cuore di lei e con un fremito di gioja indescrivibile, si accorse che batteva ancora.

—Vive, la salverò!—disse la popolana con mirabile espressione di entusiasmo, di risolutezza, dimenticando i proprii dolori in quella nuova opera di carità.

Annetta portò la fanciullina sul letto e si mise a svestirla delicatamente, per riscontrare se aveva qualche ferita sul tenero corpicino. Intanto non potè a meno di rimarcare la biancheria finissima, l'eleganza degli stivaletti, le calze di seta a trafori e sopratutto la colpì un bizzarro medaglione d'oro, che raffigurava una testa da morto, appeso ad una microscopica catenella pure d'oro.

La popolana mise tutto da parte e constatato con piacere che su quel corpicino di una bianchezza nivea, non eravi la minima scalfittura, si adoperò a tutta possa per far rinvenire la bambina. Difatti questa non tardò ad agitarsi, ad aprire gli occhi, balbettando:

—Mamma, mamma.

Annetta fu assalita da una commozione straordinaria a quella vocina dolce, carezzante.

Si chinò a baciare la bambina, che sorrise ripetendo:

—Mamma.

—Non sono io la tua mamma, cara, ma sento già di amarti come tale. Dimmi chi sei, come ti chiami.

La bambina la fissava con due begli occhi di un azzurro profondo, dallo sguardo un po' trasognato, smarrito. Balbettò alcune parole incomprensibili, poi si mise a piangere.

Alla popolana sorse l'idea che la fanciulletta potesse aver fame. Corse ad una madia, dove trovò ancora un pane assai duro, ne inzuppò alcune fette in un bicchiere di vino e gliele portò.

La bambina si mise a mangiare avidamente. Annetta l'imitò. Il sole brillava nella stanza riempiendola di calore, di allegrezza. Un senso di benessere infinito invadeva il cuore della popolana. Ebbe per un istante il pensiero di nascondere gelosamente quella piccina, conservarla per sè sola. Come avrebbe rallegrata la sua solitudine, riempito il suo cuore! Quanti baci, carezze, cure infinite, avrebbe avute per lei!

Ma quasi tosto provò un brivido di rimorso; quella creaturina doveva avere una madre, che forse in quell'istante la piangeva, la chiamava con grida disperate.

La popolana non poteva mentire al suo cuore: non pensò più alla propria felicità, ma grande d'abnegazione, consolandosi all'idea della gioja che avrebbe procurata a quella madre, si mise tosto a farne ricerca. Ma per quanto s'informasse, mettesse in moto vicini ed amici, non potè trovare alcuna traccia dei parenti di quella fanciullina, nè giunse mai a sapere da chi fosse stata posta sulla soglia del suo uscio e da chi provenisse quel sangue, dal quale aveva aspersi i candidi abitini.

La bambina non era in grado di dare spiegazioni: l'unica parola che uscisse chiara dai suoi rosei labbruzzi era quella di «mamma»

Annetta non ebbe allora più scrupoli di tenerla con sè e in memoria del suo Mario, l'adorato marito, la chiamò Maria, Gli anni passarono senza portare maggior luce sul mistero della trovatella e la popolana finì col non pensarci più e considerarla come una sua vera figlia.

Annetta aveva da parte un buon gruzzolo, perchè il mestiere d'armaiuolo esercitato dal marito gli aveva dati molti guadagni e permesso delle economie.

La popolana spese una parte di quel denaro per far istruire la fanciulla e quando Maria compì il quattordicesimo anno, secondo i calcoli fatti da Annetta, la mise presso una sua amica, una buona vedova, che aveva un negozio da guantaja, assai rinomato, sul Corso di Porta Vittoria, onde l'iniziasse al suo mestiere.

E l'anno dopo, essendo la vedova improvvisamente morta, Annetta rilevò dagli eredi il negozio, pagando tutto a pronti contanti e andando a stabilitisi definitivamente con Maria.

La giovinetta si faceva ogni giorno più bella e bisognava vedere con quanta grazia e sveltezza sapeva servire gli avventori e come teneva in ordine i libri di negozio.

La popolana, un po' indebolita di forze, per una malattia alle gambe, sedeva abitualmente dietro al banco, contemplando come in estasi quella bella creatura, che aveva il potere di rianimarla, farla sorridere, sviare dalla sua mente un cumulo di tristi memorie.

Annetta aveva nascosto a Maria in qual modo era divenuta sua figlia, perchè l'avvenuto era svanito come un sogno dalla mente della fanciulla. Questa credeva la popolana sua madre ed i vincoli d'affetto che univano quelle due buone creature, si facevano ogni giorno più saldi.

A vent'anni, Maria si mostrava in tutto il pieno sviluppo della sua bellezza affascinante. Aveva avute parecchie richieste di matrimonio, che sempre rifiutò, dicendo di trovarsi troppo felice al fianco di sua madre per desiderare altra sorte. Non aveva ancora amato. Eppure nelle sue vene scorreva un sangue caldo, impetuoso, aveva la fantasia vivacissima e l'avventura di quella notte colla maschera misteriosa, la gettò bruscamente in un mondo d'idee nuove per lei e perciò appunto più pericolose.

Invano la bella guantaja cercò dormire: nell'ombra della stanza, vedeva sempre l'immagine dello sconosciuto, sentiva ancora sulle sue labbra il tocco bruciante delle labbra di lui.

L'alba la sorprese cogli occhioni spalancati, il viso pallido, abbattuto, le labbra frementi, che mormoravano quasi inconscie:

—Chi sarà mai? Lo rivedrò io ancora?

CAPITOLO TERZO.

Il segreto di un milionario.

Erano le cinque di sera. In un salottino appartato, caldo, elegantissimo di uno dei più sontuosi palazzi di Milano, sdraiato su di una poltrona, stava un uomo di una sessantina d'anni, dal sembiante triste e corrucciato.

Indossava una veste da camera di grosso drappo scarlatto, guernita di passamani d'oro: la testa portava nuda, perchè i capelli erano ancora foltissimi, tagliati a spazzola, grigiastri sulle tempia, le cui vene prominenti si gonfiavano alla minima emozione. Il viso di una bianchezza cerea spiccava ancora più sotto la lunghissima barba di un nero d'ebano; i suoi occhi bigi avevano uno sguardo duro, imperioso; il sorriso ironico delle sfingi increspava le sue labbra sottili.

Quell'uomo era il conte Ercole Patta, da pochi anni dimorante a Milano, sebbene dicesse di esservi nato e parlasse difatti il più puro dialetto lombardo.

Un profondo mistero avvolgeva la sua vita passata: era noto solo, che veniva da Vienna, dove eragli morta la moglie, lasciandogli una figlia, Adriana, che all'epoca del nostro racconto, compiva sedici anni ed era l'unica erede di colossali ricchezze; un tipo perfetto dell'avvenenza tedesca ed alle cui fisiche doti stavano al pari quelle morali.

La casa del conte Patta era il soggiorno della più schietta ospitalità; in essa vi convenivano i più ragguardevoli uomini politici, il fiore della cittadinanza. Il conte riceveva tutti con affabilità e confidenza, ma quanto più si mostrava in società espansivo, buon parlatore, allegro compagnone, altrettanto in privato era burbero, taciturno, glaciale.

Con sua figlia andava poco d'accordo, giacchè egli voleva darle in isposo un certo marchese Diego Tiani, un orfano che alloggiava nello stesso palazzo, perchè il conte diceva essergli stato raccomandato dal padre morente, e faceva la vita del gran signore. Ma sebbene Diego possedesse un sembiante incantevole, uno spirito inesauribile e contasse grandi ed innumerevoli trionfi colle dame, Adriana gli preferiva Gabriele Terzi, il figlio di un onesto commerciante, un giovane di alti intendimenti, con un cuore d'oro, una fisonomia dolcissima, aperta, leale.

Si erano incontrati ad una stazione balnearia, si amarono al primo sguardo scambiato fra loro e non era trascorso un mese, che se lo confessarono a voce bassa; giurandosi fedeltà eterna.

Gabriele giunto a Milano fece chiedere dal padre la mano dell'adorata giovinetta: il conte Patta rifiutò decisamente. Ma gl'innamorati non perdono giammai la speranza.

Gabriele si sentiva amato ed era quasi convinto che un giorno o l'altro, il conte si sarebbe piegato alle sue preghiere ed a quelle della figlia. Ed intanto andava ovunque trovavasi Adriana per ammirarne i vezzi, averne i sorrisi, raccogliere i fiori, che ella non mancava mai di lasciare cadere sul suo cammino. Diego sapeva tutto ciò ed esecrava il suo rivale e vedendo di non riuscire in alcun modo togliere l'immagine di lui dal cuore di Adriana, determinò di provocare il giovane. Ma questi rispose all'attacco con tal dignità, che il giovane marchese ne uscì sconfitto, umiliato. Allora la sua rabbia non ebbe più freno e l'ultima notte di carnevale, avendo sorpreso Gabriele sotto le finestre di Adriana, l'assalì a tradimento. Ma il giovane si difese con tale impeto, che disarmò l'assalitore, il quale dovette cercare uno scampo nella fuga, soddisfatto ancora di non essere stato riconosciuto.

Il giorno seguente, Diego si ebbe un lungo e segreto colloquio col conte. Allorchè il giovane lasciò il gabinetto, il gentiluomo apparve fortemente turbato e durò fatica a calmarsi.

Finalmente suonato con violenza il campanello, ordinò al cameriere accorso di far avvertire la contessina Adriana, che il padre desiderava parlarle.

E si sdraiò sulla poltrona ad attenderla. La giovinetta non tardò a comparire. Era adorabile nel suo semplice abito di flanella bianca, stretto alla cintura da un nastro di raso celeste. Un nodo di egual colore, le fermava le treccie biondissime, cadenti sulle spalle. Il suo viso di un ovale perfetto, era impareggiabile per nobiltà ed attrattive; la bocca aveva piccola e porporina, il naso diritto, colle narici lievemente dilatate, il colorito soave, gli occhi azzurri, grandi, vivacissimi.

Entrando, aveva un dolce sorriso sulle labbra.

—Eccomi, caro papà, disse avvicinandosi a lui e baciandolo in fronte, che vuoi dalla tua Adriana?

—Vorrei essere ubbidito.

Il tuono brusco con cui furono pronunziate queste parole, fecero trasalire la giovinetta.

—Non l'ho sempre fatto?—replicò.

—No, giacchè persisti nel rifiuto a sposare il marchese Diego.

—Ma io non l'amo, il mio cuore è di un altro.

—Che non sarà giammai tuo marito.

Adriana tremava d'una inaudita commozione, pure nel suo immenso amore per il giovane attinse coraggio, che in altra circostanza forse le sarebbe mancato.

—Ebbene sia—disse con voce sicura—rinunzierò a Gabriele, ma non sarò di Diego.

—E se io te l'imponessi?

—Non puoi volere la mia morte, perchè ti giuro che prima di appartenere a lui, mi ucciderei.

—Ma che ti ha fatto Diego perchè tu l'odia tanto?

—Nulla, ma un vago istinto mi dice di diffidarne e mi sembra che tu stesso ne abbia paura.

Il conte pallido come un morto, guardò Adriana con uno sguardo fisso e stralunato, mentre colla mano destra increspata, stringeva convulsamente la spalliera della poltrona.

—Io!—esclamò sordamente—Tu sei pazza e giacchè cerchi tutti i mezzi per sottrarti alla mia volontà, ti ripeto che in breve dovrai adempirla.

—No, mille volte no!—proruppe la fanciulla, benchè nell'accento del padre risuonasse una formidabile minaccia.

Parve che il conte volesse scagliarsi su di lei, tanto era l'impeto con cui si sollevò dalla poltrona; ma vi ricadde tosto, con un gesto di noncuranza e di disprezzo.

—Esci,—disse indicando freddamente l'uscio.

Adriana si ritirò senza rispondere. Il conte ebbe appena il tempo di passarsi una mano sulla fronte per scacciare qualche cruccioso pensiero, che da un altro uscio entrava nel salotto Diego.

Era il giovane che l'ultima notte di carnevale aveva cercato rifugio nel negozio della bella guantaia, sconvolgendole il cervello ed il cuore. Vestito colla raffinatezza degli eleganti suoi pari, sembrava più seducente, sebbene una lieve ruga attraversasse in quel momento la sua bianchissima fronte.

—Ebbene?—chiese sdraiandosi con famigliarità su di un divano, incrociando una gamba sull'altra e gettando sul conte uno sguardo audace e sprezzante—Adriana si ostina a rifiutarmi?

Il conte alzò bruscamente il capo.

—L'hai sentita?

—Sì.

—Dunque ho nulla a risponderti. Ed il meglio che tu possa fare, è di cambiare idea.

—Niente affatto, perdio! Non cedo con tanta facilità. Tua figlia si rivolta, fa l'orgogliosa, ma basterebbe che io le sussurrassi poche parole all'orecchio, per vederla piegare: ti è noto se, quando voglio, voglio!

Il conte aggrottò le ciglia, si morse le labbra.

—Che vorresti dirle?—balbettò.

—Ciò che siamo io e te, perbacco. Le racconterei per filo e per segno il tuo passato, mostrandole l'epistolario che ebbi da mio padre. E quando ella saprà che l'uomo, il quale adesso si fa chiamare conte Patta, è stato nel quarantotto un infame spia che si vendette successivamente, contemporaneamente a tutti, salvo a tradire a tempo opportuno, chi meno lo pagava, per chi gli offriva di più; allorchè le racconterò la tua fuga da Milano nelle famose cinque giornate, lasciando preda al furore popolare, che voleva far giustizia sommaria della spia, una moglie innocente, una tenera bambina...

—Taci, taci...—interruppe balbettando per l'ira il conte, rizzandosi con impeto, per avvicinarsi al giovane.

Questi non si mosse, sembrava sfidarlo con gli sguardi arditi.

—Non è la verità?

—Taci ti dico, ho sopportato tutto da te, parole crudeli ed insultanti, ricatti, angherie, umiliazioni; mi sono piegato a quanto volesti, non risparmiandoti cure, denari, pagando qualsiasi tuo debito. Ma se per rendere Adriana tua schiava, tu adoperassi i mezzi usati con me, se dalle tue labbra uscisse una sola delle rivelazioni che a me ti compiaci ripetere per tormentarmi e minacciarmi, giuro che non uscirai vivo dalle mie mani, mi succeda poi quello che si voglia.

Il suo accento, il suo gesto erano tali da spaventare chiunque altro si fosse trovato al posto di Diego. Ma il giovine non dimostrò alcuna emozione.

—Via, via, credo che tu scherzi—disse alzando le spalle—come io ho semplicemente voluto avvertirti, che volendo, avrei il mezzo di abbassare l'orgoglio di Adriana e vedermela piangente fra le braccia. Tuttavia credo di aver trovato ancor meglio per farla mia moglie e vendicarmi al tempo stesso del mio rivale.

Spiegò il suo progetto che fu approvato dal conte. Erano tornati in apparenza calmi e quando si separarono si strinsero da buoni amici, la mano.

Ma il conte rimasto solo, cadde annichilito sul divano e celando il volto in un guanciale di seta, in un parossismo d'ira impotente, pianse come un fanciullo.

CAPITOLO QUARTO.

Il Genio del male.

Per alcuni giorni nessuno si recò al negozio di Maria a riportarle gli abiti ed a riprendere il costume da maschera.

La bella guantaia si era fatta triste e pensierosa, tanto che Annetta non potè a meno di accorgersi che qualche cosa di strano avveniva in lei e l'interrogò con somma dolcezza, accarezzandola come quando era bambina.

Maria dapprima non rispose; ma ad un tratto due ardenti lacrime le sgorgarono dagli occhi.

Annetta ne fu spaventata.

—Tu piangi? Ti è accaduto dunque qualche cosa ben di grave?—domandò ansiosa.

—No, no, rassicurati, mamma,—rispose Maria, mentre un sospiro sfuggiva dal suo petto oppresso.

E con tronchi accenti, raccontò quanto le era successo l'ultima notte di carnevale.

Annetta aggrottava le ciglia.

—Perchè non mi svegliasti?

—Non volevo disturbarti.

—Ed intanto ti sei messa nel rischio di vederti usare qualche violenza. Quel giovinotto poteva essere un birbante inseguito dalle guardie.

—Oh! mamma, se tu avessi veduto che fisonomia gentile…

—L'apparenza spesse volte inganna: intanto, lo vedi, non ha rimandati i tuoi abiti.

—I suoi valgono molto più.

Li svolse per mostrarglieli e nel far ciò un oggetto cadde con lieve rumore in terra. Annetta si affrettò a raccoglierlo. Era un portasigari di velluto, con sopravi ricamate in oro le iniziali D. e T.

Mentre stavano ammirandolo, entrò in negozio una specie di facchino, portando un grosso involto.

—Sta qui la signorina Maria?—chiese.

Annetta si avanzò.

—È mia figlia, che volete da lei?

—Consegnarle questa roba.

—So cos'è, posatela sul banco ed aspettate ho da rendervene dell'altra.

—Non ho avuto ordini in proposito—disse il facchino volgendole le spalle—a rivederci.

Annetta lo richiamò, ma invano. Allora si rivolse alla figlia, che rimaneva confusa, turbata.

—Guarda se sono i tuoi abiti.

Maria svolse il fagotto e gettò un lieve grido di sorpresa. In mezzo agli abiti, eravi un cofanetto tutto a dorature, che conteneva un magnifico finimento in perle ed un biglietto così concepito.

«Signorina—Non ricambierò mai abbastanza il servigio che mi rendeste; tuttavia serbate per mio ricordo il piccolo dono che vi mando e rivolgete qualche volta il pensiero a Gabriele Terzi, la maschera misteriosa, alla quale deste rifugio l'ultima notte di carnevale.»

—Gabriele Terzi—ripetè Annetta—allora quel portasigari non è suo, perchè non corrispondono le iniziali: basta, non mi soddisfa affatto il regalo dei gioielli, che intendi farne?

—Ciò che vorrai, mamma.

—Ebbene, siccome qualche cosa mi dice che quel signor Gabriele lo vedremo ancora, così ci penserò io a restituirglieli: deve essere un furbo colui, ma troverà pane per i suoi denti.

Maria non replicò: le faceva male udire sua madre parlare così. Non divideva quelle idee, perchè sentiva di amare il giovane di profonda ed irresistibile passione. E soffriva per timore di non rivederlo più e si faceva ogni giorno più pallida, destando nel cuore di Annetta un acuto dolore.

La popolana malediva fra sè il giovane venuto a turbare la pace della sua casa; ma trascorso quasi un mese e colui non essendo ricomparso, Annetta tornò affatto tranquilla, tanto più perchè Maria aveva ripresi i suoi bei colori, l'allegria di prima.

Povera donna! Se ella avesse seguiti i passi della fanciulla, ogni qualvolta questa usciva alla mattina per alcune compere o per delle commissioni di clienti, l'avrebbe spesso veduta entrare furtiva in una modesta casa presso il Mercato delle erbe, salire all'ultimo piano dove il marchese Diego Tiani, sotto il nome del suo rivale Gabriele Terzi, stava ad attenderla.

La prima volta che Maria l'aveva incontrato, uscendo sola, credette venir meno dalla gioia; tuttavia quando egli le si accostò, apparve fredda, quasi indifferente. Ma presto il ghiaccio si ruppe: il giovane le aveva parlato dapprima timido, commosso, poi si abbandonò al linguaggio artificioso, fiorito, seducente di tutti i libertini che hanno designata una vittima, affascinando Maria, facendole battere il cuore a colpi precipitosi.

Coi più vivi colori, Diego le dipinse l'amore che l'aveva infiammato per lei, la gioia che avrebbe provato sentendosi corrisposto, l'avvenire pieno d'inebrianti speranze, di continua felicità che li attendeva.

E l'incauta cadde nel laccio.

Ella si recò agli appuntamenti nella casa designatele, in un quartierino ammobigliato, che Diego aveva preso in affitto per lei, dicendole essere costretto ad agire così, fino a quando avrebbe ottenuto da suo padre il consenso al suo matrimonio.

Maria non aveva alcun sospetto dell'inganno di cui stava per essere vittima. Credeva realmente che quel bellissimo giovane, il quale le giurava con tanto calore di farla sua moglie, si chiamasse Gabriele Terzi. Non prendeva informazioni: le sarebbe sembrato offenderlo: fidava in lui come in Dio: gli aveva offerta, donata la sua intera esistenza.

Eppure Maria non era in fondo così lieta come per il passato: se provava delle gioie vivissime, inebrianti, aveva altresì dei momenti di disperato rimorso. Ed era quando sua madre la stringeva al seno, la baciava, fissandola negli occhi, chiamandola la sua dolce, la sua pura creatura.

Sorrideva la misera fanciulla e per celare le sue angoscie, aveva impeti di allegrezza folle, che Annetta non comprendeva.

Intanto Diego, il Genio del male, andava diritto al suo infame scopo.

CAPITOLO QUINTO.

Tradimento.

Adriana si era levata ed avvolta ancora nell'accappatoio da notte, coi capelli disciolti, scarmigliati, passò nel suo spogliatoio e sedette dinanzi all'alto specchio, attendendo la cameriera che venisse a pettinarla.

La fanciulla era pallidissima e appena seduta rimase immobile, pensosa, con le candide mani abbandonate sulle ginocchia, come dimentica di quanto la circondava, assorta in un sogno di amore e di tristezza. Due figure si staccavano luminose dal fondo della sua meditazione: quella di Gabriele e quella del padre. Il primo le richiamava sulle labbra un angelico sorriso di speranza; l'altro le empiva gli occhi di lacrime amare.

Dall'ultimo colloquio che ella aveva avuto col conte, questi non le aveva più rivolta un'amabile parola, un sorriso affettuoso, una carezza. Si mostrava di una freddezza pungente, di una placidità irritante.

L'unica cosa che consolava alquanto la fanciulla, era di non dover più sopportare la presenza del marchese Diego: egli non si faceva più vedere da lei, pareva essersi allontanato dal palazzo.

Adriana si trovava già da alcuni minuti assorta nei suoi pensieri, allorchè si alzò pianamente una portiera e comparve il conte.

Egli si fermò un istante a contemplare la figlia, il cui languido atteggiamento, mostrava un abbandono, uno sconforto indicibile, poi la chiamò dolcemente a nome.

Adriana a quella voce balzò in piedi confusa, arrossita di essere sorpresa in quello smarrimento. Il suo cuore batteva con violenza.

—Papà,—mormorò.

—Giungo forse male a proposito, mia cara—disse il conte avvicinandosi—ma avevo da parlarti.

Sedette al posto lasciato dalla fanciulla, attirò questa sulle sue ginocchia.

Adriana era sbalordita: sperava e temeva al tempo stesso: quel cangiamento improvviso del padre la turbava, mentre abbandonavasi dolcemente nelle braccia di lui.

—Dammi ascolto, Adriana—disse il conte baciandola—io mi sono mostrato un po' troppo severo con te; ma ciò che tu forse attribuisti a poco affetto, era invece il desiderio di vederti felice. E non lo saresti cara figlia mia, se tu dessi ascolto ai sogni del tuo cervello, perchè l'uomo che la tua fantasia ti dipinge come il più nobile e leale dei cavalieri, ne è invece il più indegno.

Adriana alzò con impeto la testa, fissando gli occhi lucenti in quelli del padre.

—Parli di Gabriele?

—Sì...

—Se qualcuno ti ha parlato male di lui, è un infame calunniatore.

—Nessuno l'accusa, figlia mia: sono le sue azioni stesse che lo disonorano...

Adriana si sentì freddo al cuore.

—Che ha dunque fatto? Parla.

—Egli tiene una condotta indegna di un giovane onesto, che vuol sposare una fanciulla tua pari. Sebbene riprovassi il tuo amore per lui, feci tacere tutti i miei sogni, le mie speranze e mi diedi ad informarmi minutamente sul suo conto, a spiare tutti i suoi passi. Una voce interna mi diceva che Gabriele t'ingannava.

La fanciulla soffocò un grido.

—È una menzogna—disse, mentre il cuore le batteva con indicibile violenza.

—È la verità—ribattè il conte con voce che parve commossa.—Mentre giurava d'amarti sempre, faceva le stesse promesse ad un'altra povera giovane, che fidente in lui, gli ha tutto sacrificato.

—No, no, è impossibile, non lo credo.

Ella sentiva il sangue congelarsele nelle vene e chinava il capo per nascondere le lagrime d'ira, di dolore, che le velavano le ciglia. Ma quell'emozione non durò a lungo. Adriana alzò gli occhi divenuti asciutti e con accento freddo, scevro da ogni irritazione.

—Padre mio—disse—voglio conoscere quella fanciulla, parlarle; se ella mi conferma i tuoi detti, ti giuro che disprezzerò Gabriele quanto l'ho amato, realizzerò i sogni che facesti per me.

Ella non vide il lampo di trionfo, che solcò le pupille del conte.

—Il tuo desiderio—rispose—può essere appagato. Quell'infelice vittima di un vile seduttore, è Maria, la bella guantaia di Porta Vittoria, una fanciulla che aveva fama di onestissima. Tu puoi mandarla chiamare colla scusa di fare degli acquisti.

Adriana si alzò tremenda per sangue freddo, bella di un livido pallore.

—Hai ragione—disse—lo farò tosto.

E mentre il conte usciva dalla stanza, suonò con violenza il campanello ed alla cameriera accorsa, dette le istruzioni necessarie, per appagare il desiderio di vedere la sua rivale.

Come soffriva, povera Adriana! A momenti sentiva venirle meno il coraggio, mancarle il cuore, gonfiarlese gli occhi di lacrime. Poi pensò che mostrandosi così sconvolta alla guantaia, poteva farle concepire qualche sospetto, onde cercò di frenarsi, si rinfrescò il viso, gli occhi, indossò un abito da casa, color corallo, ricamato in oro, che le stava a meraviglia, avvolse in giri capricciosi attorno al capo la stupenda capigliatura; fermandola con un pettine tempestato di brillanti; poi passò nel suo salottino da lavoro, un gioiello di buon gusto, di eleganza artistica. Vi era appena entrata, che la cameriera comparve annunciando la giovane guantaia.

—Avanti,—disse Adriana con voce alta e ferma, sebbene il cuore le battesse da spezzarsi. Maria entrò tenendo fra le mani alcune eleganti scatole. La premura con cui era accorsa all'invito della contessina, le aveva infiammato il viso, dando maggior risalto ai suoi occhi ammirabili, al suo sorriso affascinante.

Adriana provò come un capogiro alla vista di quella splendida beltà, ma si rimise subito e disse con dolcezza:

—Mi avete portato qualche cosa di nuovo, di bello?

—Ho scelto i migliori campioni del negozio—rispose Maria, deponendo le scatole sul tavolino, dove stava appoggiata Adriana ed aprendolo. Ne sprigionò un profumo delicato di violetta ed alla vista apparvero guanti di ogni lunghezza e colore, tenuti insieme da fili invisibili di seta.

La contessina parve per un istante tutta assorta nell'esaminarli.

—Sì, mi piacciono—mormorava—però mi sembrano un po' grandi per la mia mano.

E mostrava la sua manina candida, affusolata, dalle unghie rosee e lucenti.

—Ne abbiamo dei più piccoli, della stessa qualità—disse Maria—e se la signorina si compiacesse dirmi il suo numero…

—Cinque e mezzo.

—Allora ho indovinato senza volerlo; ho scelto appunto tal numero e se volesse provarsene un paio…

Adriana acconsentì, e siccome le andavano a pennello, disse che teneva per sè tutte le scatole.

—Tanto devono servire per il mio corredo di nozze,—aggiunse sorridendo forzatamente.

—Ah! la signorina si fa sposa?—chiese con indifferenza Maria.

—Sì, e forse avrete sentito a nominare il mio fidanzato: il marchese
Diego Tiani.

Maria scosse la leggiadra testa: Adriana la fissava intensamente.

—Eppure il mio fidanzato è amico intimo di un giovane, che gli ha parlato molto di voi,—aggiunse marcando le parole.

Maria trasalì, divenne pallida.

—Di me? Forse s'inganna…

—Credo di no. Quel giovane si chiama Gabriele Terzi e si dice vostro amante,—esclamò la contessina con accento ironico, mordente, perchè il dolore la rendeva quasi cattiva.

Maria alzò con alterezza il capo: il suo sembiante parve irradiato da una sublime fede…

—Gabriele non è mio amante, ma il mio sposo—proruppe con una specie d'impeto.—Fra pochi giorni dobbiamo essere uniti ed egli ha rinunziato per me ad una fanciulla ricchissima, che non amava.

Adriana dovette fare uno sforzo sopra sè stessa per non mostrare la sua straziante emozione; ma il sorriso che dischiuse le sue labbra, apparve un'orribile smorfia.

—Vi disse anche il nome di quella fanciulla?—chiese a denti stretti.

—Che m'importava saperlo, dal momento che ero sicura del cuore di Gabriele?

—Ah! sì tenetevelo caro il suo cuore—replicò la contessina con tale inflessione di voce, che fece trasalire la guantaia—soltanto pregate il vostro sposo di essere più prudente e non parlare con tanta leggerezza di voi cogli amici.

Poi, colla massima disinvoltura:

—Siamo intese, mia cara, tengo i guanti per me: la mia cameriera passerà a pagarli.

Senza dare alla giovine il tempo di rispondere, suonò il campanello ed alzata una portiera scomparve. Rientrò nel suo spogliatoio profondamente accasciata e lasciatasi cadere su di un divano, nascose il viso sconvolto in un guanciale di velluto ricamato e pianse, pianse lungamente, mormorando fra i singhiozzi:

—Oh!… infame, infame… ed io che l'amavo tanto.

Una mano che si posò sopra il biondo suo capo, la fece trasalire, alzare di botto… Era suo padre pallidissimo, commosso…

—Ebbene Adriana, avevo ragione?

—Sì, papa, sì… perdono…

Gli si gettò nelle braccia singhiozzando, nascose sul petto di lui, il viso scolorito…

—Non piangere così: colui non merita le tue lacrime, ma il tuo disprezzo.

Ella si scosse, un vivo rossore le salì alla fronte: gli occhi ridivennero asciutti.

—Hai ragione, non voglio pensarci più—disse alzando risoluta il capo.—E puoi avvertire Diego che accetto la sua mano.

Gli sguardi del conte lampeggiarono.

—Dici il vero? Non ti pentirai?

Ella soffocava fra i palpiti tumultuosi del cuore, tuttavia rispose con voce ferma:

—Non ho che una parola e per mostrarti quanto la mia risoluzione sia irrevocabile, ti prego ad effettuare il matrimonio al più presto possibile.

—Ma è ciò che io e Diego desideriamo, cara figlia mia,—mormorò il conte con espansione.

E mentre le sue labbra menzognere si posavano sulla fronte incontaminata di Adriana, pensava fra sè, con un sospiro di sollievo:

—Il briccone l'ha proprio indovinata!

22

CAPITOLO SESTO.

Vittime e seduttore.

Da circa due ore il marchese Diego Tiani si trovava nell'appartamento ammobiliato preso in affitto presso il mercato delle erbe, attendendo Maria. Egli passeggiava impaziente nel salotto, mormorando fra sè:

—Tarda quest'oggi; per fortuna sarà l'ultima volta: cominciava a pesarmi questa commedia di sentimento, non adatta certamente per me.

Un leggiero tintinnio del campanello lo scosse, gli fece spuntare un sorriso sulle labbra.

Corse ad aprire e la giovane guantaia era appena entrata, che Diego senza osservarla, la strinse fra le sue braccia, ne cercò le labbra, imprimendovi dei baci lunghi, ardenti.

Maria però, lungi dal corrisponderlo come altre volte, si svincolò sdegnosa e mostrando il suo viso alterato, pallidissimo.

—Lasciami,—disse freddamente.

Diego aggrottò le ciglia.

—Che vuol dire questa novità? Ti sono forse venuti a noia i miei baci?

—No, ma non voglio che essi formino argomento di scherzo fra i tuoi amici.

Era rimasta in piedi così parlando. Diego dinanzi a lei, la fissava con sorpresa.

—Che intendi dire? Non ti comprendo.

Le labbra rosse di Maria avevano perduto il loro splendido colorito: erano livide e tremavano convulse.

—Conosci un certo marchese Diego Tiani?—chiese.

Il giovane non battè palpebra.

—È uno dei miei migliori amici—rispose con perfetta calma, impudenza—un buon ragazzo, al quale ho promesso di ricambiar presto i confetti di nozze, perchè egli prende moglie fra poco…

—È vero che gli hai parlato di me?

—Senza dubbio e ciò deve provarti l'immensità del mio affetto. Diego mi vantava un giorno la sua fidanzata, una sciocca che nutre molto dispetto per me, non essendomi mai schierato nel numero dei suoi ammiratori, e diceva che nessun'altra fanciulla a Milano poteva starle al pari: allora io non seppi resistere e risposi al mio amico che se ti avesse conosciuta, certamente avrebbe cambiato parere.
—Ed aggiungesti che ero tua amante, gli parlasti dei nostri ritrovi qui…

Il furfante fece un gesto di dolore. E gravemente, con una tristezza infinita:

—Io?—esclamò—E mi crederesti capace di un'azione così vile?

—Perdono, perdono—proruppe Maria come fuori di sè, gettandogli con impeto le braccia al collo—è stata quella contessina che me l'ha detto e mi fece tanto male.

E mentre il giovane la traeva dolcemente sul divano, raccontò quanto le era avvenuto, piangendo a calde lacrime.

Diego le prese le manine e lo baciò.

—Suvvia asciuga quei begli occhi—disse con una voce dolce coma una carezza—tu hai avuto ragione di dubitare di me; ma io perdono i tuoi ingiusti sospetti.

—Quanto sei buono, come ti amo!

Egli sorrise, la strinse al suo petto: la pace era fatta.

Passò un'ora che per Maria parve un lampo. Sul punto di dividersi,
Diego le disse ad un tratto:

—A proposito… mi dimenticavo una cosa. Ella sollevò gli occhi su lui, timidamente, interrogandolo con lo sguardo.

—Per qualche settimana non potremo vederci, Maria trasalì, divenne pallida, inquieta.

—Perchè?—chiese a stento.

—Devo intraprendere un viaggio di alcuni giorni.

Tutta la gioia provata poco prima dalla guantaia, disparve.

—Tu parti? Per dove?

—Curiosa: non volevo dirtelo. È un viaggio che deve assicurare la nostra felicità.

—È proprio vero?

—Ecco che tu dubiti nuovamente di me…

Il rossore salì alla fronte di Maria, che temette averlo offeso.

—No, no, perdonami, sono pazza—disse congiungendo le mani in atto di preghiera—ma se tu potessi vedere il mio cuore, comprenderesti che i miei dubbii, le mie paure, provengono dall'affetto ardente che ti porto.

—Lo so ed è per questo che non ti serbo rancore.

L'abbracciò di nuovo e la disgraziata sorrise per mostrare la sua felicità; ma gli occhi aveva pieni di lacrime…

Allorchè lo lasciò, Diego mise un sospiro di soddisfazione.

—Finalmente me ne sono liberato—pensava—Certo mi dispiace un poco l'ingannarla così, il perderla, ma sarei uno sciocco se per Maria mi lasciassi sfuggire Adriana.

Per ora, tutto mi è andato a seconda; ho il demonio dalla mia. Gabriele non immagina il tiro che gli ho giuocato e quando verrà a saperlo, sarò ben lungi da Milano con mia moglie.

Si passò una mano sulla fronte, poi le sue idee presero un altro corso.

—Perchè mi perseguita l'immagine di Maria? Eppure non l'amo ed il mio capriccio è stato soddisfatto. Bah! finirà anche lei a consolarsi ed è tanto bella, che non mancherà di trovare qualche gonzo che la sposi.

Sorrise cinicamente, mostrando sul viso tutte le malvagie passioni della sua anima: si guardò allo specchio, accese una sigaretta e preso il cappello, lasciò senza un rimpianto, un rimorso quella casa, dove aveva fatta una vittima, infranto dolcemente, con una mostruosa menzogna, un povero cuore. Salì nella prima vettura vuota che incontrò e si fece condurre al palazzo del conte Patta. Questi non si trovava in casa, ma il giovane con la famigliarità che gli era abituale, si diresse all'appartamento di Adriana.

La giovinetta era nel suo salotto da studio, allorchè la cameriera l'avvertì che il suo fidanzato chiedeva di salutarla.

Adriana represse un movimento di disgusto e rispose asciuttamente:

—Venga pure.

Diego entrò sorridente e presa la mano che la giovine gli tendeva, la portò con galanteria alle labbra.

Adriana non ebbe il più piccolo trasalimento.

—Avete fatto bene a venire—disse indicando al giovine una bassa poltroncina presso il divano, sul quale ella sedette—perchè bramo prima della cerimonia nuziale, che mi legherà a voi per tutta la vita, regolare la nostra rispettiva posizione.

Egli la fissò alquanto stupito.

—Non vi comprendo Adriana.

—Mi spiegherò, non dubitate. Voi sapete il motivo che mi ha indotta ad accettare la vostra mano.

Diego abbassò il capo.

—So che voi non mi amate—disse con voce bassa—pure io spero che la mia tenerezza finirà a commuovervi e che un giorno avrete pietà di me.

Il pallore di Adriana si era accentuato ancor più: il suo accento divenne glaciale.

—No, mai!—rispose lentamente.—Il mio cuore è morto per sempre: non credo più a nulla.

—Siete crudele.

—Sono giusta, vi dico ciò che sento. Quindi ve lo ripeto: sarò vostra moglie per un puntiglio, una vendetta e se non mancherò ai miei doveri, avrò sacro il vostro nome, tuttavia non dovrete sperare da me una sola testimonianza d'affetto. Se la mia franchezza vi dispiace, se ferisce la vostra anima, il vostro amor proprio, siete sempre in tempo a ritirarvi.

Egli scosse il capo.

—Mentirei se dicessi che le vostre parole non mi facciano male, tuttavia non rinunzio ad un'unione ardentemente desiderata, perchè sono certo che un giorno cambierete pensiero a mio riguardo e giungerò a toccare il vostro cuore.

Eravi una dolcezza infinita in quest'ultima frase, ma Adriana rimase fredda, seria e nello sguardo che rivolse al suo fidanzato, eravi un'espressione così strana, che Diego trasalì, come se l'innocente vittima gli avesse letto nell'anima!

CAPITOLO SETTIMO

Le conseguenze di un'infamia.

Chiuso nel suo studio, seduto dinanzi ad uno scrittoio, Gabriele Terzi rileggeva per la quarta volta una lettera di Adriana, chiedendosi se sognava o diveniva pazzo. La lettera diceva:

«Signore,—Quando riceverete questa mia, sarò già lungi da Milano con mio marito. I vostri calcoli con me, non sono riusciti e se ancora vi resta un po' di coscienza, invece di mettervi alla caccia di qualche altra ricca ereditiera, sposate la vostra guantaia di Porta Vittoria, la bella Maria, che per un giovane astuto come voi, potrà recarvi molto profitto—Adriana.»

—Ah! questo è troppo—proruppe Gabriele livido, febbrile, esaltato,—Ella si prende giuoco di me. Maritata?… No, non è possibile. E chi è la guantaia di cui mi parla…? Io non ci vedo più, mi sembra che il cervello mi si turbi… è un orribile incubo questo…

Si rovesciò sulla seggiola come annientato, torcendo fra le dita convulse il foglio, mentre la bocca gli si raggrinzava agli angoli e gli occhi si empivano di lacrime.

Soffriva spaventosamente ed era da quasi un mese che aveva il cuore straziato.

Perchè la contessina senza una parola, una spiegazione, non si era più fatta vedere da lui, non aveva mai risposto alle sue lettere traboccanti di amore, di dolore disperato. Che era successo? Che mai le aveva fatto? La sua coscienza nulla gli rimproverava: egli non viveva che per Adriana; l'amava con culto, santamente, fino alla febbre, alla follia.

E dopo un mese di torture inaudite, non trovando forse di averlo reso abbastanza infelice, la giovine si prendeva giuoco del suo dolore, con quella lettera enigmatica, insultante.

Ricacciò con forza le lacrime e risoluto si alzò. Non credeva alle parole di lei: era un tranello. Voleva vederla per l'ultima volta, parlarle, esigere una spiegazione. Se ella ricusava, sarebbe diventato cattivo, crudele.

Uscì di casa sconvolto, agitato ed aveva dipinto sul volto tanto strazio, che alcune persone si fermarono a guardarlo.

—Colui medita un suicidio,—pensavano.

Giunto dinanzi al palazzo di Adriana, si sentì piegare le gambe e dovette appoggiarsi al muro per non cadere. Aveva scorto l'ampio portone chiuso, le finestre ermeticamente serrate. Il palazzo deserto, triste, cupo, aveva l'aspetto lugubre di una tomba.

Dio… Dio… era possibile che la giovine avesse detto la verità? Che era avvenuto? Quale orribile trama avevano ordito contro di lui? Era possibile che Adriana avesse così dimenticate le sue promesse, i suoi giuramenti, se non fosse stata spinta da qualche grave motivo? Ma in qual modo conoscerlo? A chi rivolgersi?

Un sudore d'angoscia gli scorreva sul volto.

Si ricondusse a stento a casa, si gettò sul letto, ed ivi rimase per lunghe ore immobile, come se fosse morto, cogli occhi spalancati, vitrei, lucidi, la faccia color cera, le labbra convulse, semiaperte.

Pensieri terribili si urtavano nel suo cervello: la sua mente non poteva distaccarsi da Adriana e si chiedeva chi fosse l'uomo che gliel'aveva rapita. Il nome del marchese Diego gli corse sulla bocca e lo ripetè più volte con una specie di delirio. Sì... doveva essere lui, il preferito del conte Patta. Ma Adriana non aveva sempre detto che l'odiava? Come poteva darsi a colui senza vergogna, senza rimorso?

Gabriele si strinse le tempia con ambe le mani: sembrava gli scoppiassero, aveva un vulcano nella testa... Non poteva persuadersi del tradimento di Adriana. Che mai aveva da rimproverargli? Come poteva averlo scacciato ad un tratto dal suo cuore? No... egli non meritava quell'abbandono, nè poteva accettarlo così facilmente.

Alla sera, alquanto più calmo, decise di recarsi in traccia della guantaia, della quale si parlava nella lettera della contessina.

—Ella potrà spiegarmi questo mistero che non comprendo,—mormorò.

Si vestì in fretta, rinfrescossi il viso e senza neppure gettare uno sguardo allo specchio, uscì di casa e si diresse tosto a Porta Vittoria. Non tardò a ritrovare il negozio di Maria. La giovine era seduta dietro il banco, vicino ad Annetta. Il pallore dal suo viso nulla toglieva allo splendore della sua bellezza affascinante, tanto che Gabriele ne fu colpito al primo vederla e rimase tocco dalla grazia con cui l'accolse, quando entrò in negozio, credendolo un avventore.

Si era alzata, mostrando la persona ben formata, provocante e con un dolce sorriso:

—Che cosa desidera il signore?—chiese.

—Vorrei parlare un momento con voi. Maria fece un atto di stupore, mentre Annetta si alzava a sua volta, esclamando con tono brusco:

—Che vuole da mia figlia?...

—Ah! è vostra figlia—-disse Gabriele—tanto meglio: quello che ho da chiedere a lei, non vi deve essere ignoto.

Il pallore di Maria aumentò: presentiva un pericolo che si avvicinava.

—Io non vi comprendo, signore—balbettò—non vi conosco...

La prima impressione provata da Gabriele era scomparsa: nei suoi occhi brillava un lampo di collera.

—Ahi non mi conoscete?—proruppe.—Perchè adunque lasciate credere che io sia vostro amante?

—Io! Io!—gridò con indignazione Maria, mentre Annetta metteva i pugni chiusi sotto il naso del giovane, esclamando inviperita:

—Signore, con chi crede di parlare? Sappia che nessuno ci ha mai tolto il rispetto e se lei non gira di largo, le darò tal lezione da ricordarsi per un pezzo di me.

Gabriele rimase fermo, impassibile.

—Non mi muoverò di qui—disse—senza aver avuto una spiegazione con vostra figlia.

Il suono della sua voce, il suo contegno energico imposero alla popolana: ella amava la franchezza, il coraggio.

—Ebbene, attenda un momento che chiudo il negozio—replicò più calma—non mi piace far sapere i fatti miei a nessuno…

Maria fissava il giovane con sguardi supplichevoli, accrescendo i sospetti di lui… Invece ella lo temeva senza sapere il perchè; una disgrazia la minacciava, ne era certa.

Pochi minuti dopo, Gabriele e le due donne si trovavano nella retrobottega, illuminata da una lucerna a petrolio. Annetta aveva offerto al giovane da sedere, ma egli rimase in piedi, appoggiato alla tavola, fissando gli sguardi ardenti su Maria, che non potè sostenerli, si sentì venir meno…

—Sapete chi sono?—chiese egli lentamente…

—No, lo ripeto, non vi conosco,—rispose tremante Maria.

—Mi chiamo Gabriele Terzi.

Un grido sfuggì dalle labbra della guantaia.

—Gabriele Terzi… voi!—-proruppe con accento vibrata, convulso—Signore, volete prendervi giuoco di me.

Annetta guardava impensierita i due giovani, senza nulla comprendere.

—Non ho affatto la volontà di scherzare, credetelo; vi ho detto il mio nome, che voi dovete conoscere.

—Ebbene, sì, conosco questo nome e la persona che lo porta—replicò con impeto Maria—ma voi… non so chi siete…

—Perchè mentire? Sapete bene che nessun altro all'infuori di me porta un tal nome; il marchese Diego deve avervelo detto per farvi sua complice nella trama, che doveva perdermi nell'anima della contessina Adriana…

Maria credeva diventar pazza: davanti agli occhi le passavano dei bagliori sinistri e slanciandosi verso il giovane, gli strinse il braccio con violenza, esclamando:

—Signore, cessate ve ne prego una così orribile commedia o non rispondo più di me stessa: il marchese Diego non lo conosco, ve lo giuro, mi pare bensì di averlo sentito nominare… ma non comprendo… ciò che vogliate dire…

Eravi tanta sincerità nell'accento straziante della bella guaritala, che il giovine si sentì scosso.

—Ascoltatemi—disse gravemente—non è possibile che io m'inganni così. Voi dite di conoscere Gabriele Terzi?

Il viso di Maria si fece scarlatto.

—Ebbene, sì… lo conosco, lo conosco, l'amo… egli deve essere mio marito.

Annetta a quella confessione della fanciulla, rimase dapprima come fulminata, poi la sua collera scoppiò con violenza.

—Ah! sciagurata, me l'hai sempre nascosto.

—Perdono, mamma, perdono, se tu sapessi quanto ho sofferto per ciò—rispose Maria con un accento che avrebbe commossa una pietra—sì, sono colpevole,... so che ho fatto male, ma l'amore è stato più forte di tutte le ragioni.

La popolana era vivamente impressionata, tuttavia manteneva un sembiante severo.

—Insomma chi è il tuo amante?

—Lo stesso giovane che l'ultima notte di carnevale si è qui ricoverato in costume da maschera...

—Ah! l'avrei indovinato—strillò Annetta con un'esplosione di collera.—Eppure ti avevo avvertita...

Gabriele l'interruppe: era orribilmente convulso.

—Un giovine in abito da maschera? Ah! non vi è più dubbio... è lui, proprio lui...

Maria alzò con energia la testa.

—Chi?

—Il marchese Diego Tiani, che si è approfittato del mio nome, non solo per tradirvi, povera fanciulla, ma per ingannarne un'altra, che io amavo.

Il viso di Maria si era coperto di un livido pallore, le sue manine stringevano le tempia.

—No, non è possibile: voi mentite, mentite,—balbettò con accento soffocato.

—Ah! se mi conosceste, non direste così: ve lo ripeto: colui che vi sedusse, si prese giuoco di me, di un'altra, è il marchese Tiani e per convincervi, vi dirò che l'ultima notte di carnevale, io stesso, aggredito da lui, a tradimento, infamemente, l'inseguii fino a questa strada, dove lo persi di vista.

Annetta cedendo alla sua natura piuttosto collerica, serrando i pugni e colla schiuma alla bocca.

—Ah! il miserabile—esclamò—lo sciagurato, E adesso dove si trova?

—Se lo sapessi, sarei qui? Egli è partito con la fanciulla che io amava ed ha sposata.

Queste parole furono la scintilla che diede il fuoco alla mina.

—È troppo, troppo—gridò Maria come pazza—ed io non sopporterò l'inganno tesomi.

—Credete che anch'io voglia subirlo in pace?—replicò Gabriele.—Egli non mi ha tolto solo ogni mia felicità, ma agli occhi della contessina Adriana sono apparso un essere spregevole: il marchese Diego non ha solo ordito un piano d'infamia, ma disonorato il mio nome. Se volete, ci uniremo insieme per vendicarci.

—Accetto!—proruppe Maria con accento selvaggio, tendendo la mano al giovane.

Annetta non poteva superare il suo furore.

—Ma intanto tu disgraziata—esclamò con impeto—rimarrai colla tua vergogna... ed io non potrò più guardarti senza arrossire di te, che ingannasti la mia fiducia, la mia tenerezza.

A queste parole, la bella guantaia sentì stringersi il cuore dall'angoscia, dal rimorso; una nebbia le calò sugli occhi e non avendo la forza di rispondere, diè un gemito e cadde svenuta fra le braccia della popolana. Questa rimase sconcertata, sentì svanire tutta la sua collera e coprendo il pallido viso della fanciulla di baci e lacrime.

—Maria... Maria, guardami—mormorò—sono tua madre... che ti ama sempre, ti perdona.

Ella aprì gli occhi e con voce debole, ansiosa:

—È proprio vero?—chiese.—Non mi discacci da te?

—No, mia cara... ma a quel cattivo arnese che ti ha disonorata, vedi, non posso perdonare.

Maria si rialzò.

—Nè io lo voglio!—disse risoluta, pensando ai mezzi iniqui, coi quali Diego si era impossessato di lei.

Gabriele si era lasciato cadere su di una seggiola, perchè le forze l'avevano tradito; ma i suoi occhi si volgevano con pietà e simpatia verso la giovane guantaia.

Egli rimase più di un'ora presso le due donne per concertarsi su quello che dovevano fare e quando si ritirò, Maria ricadde singhiozzando tra le braccia della madre...

—Oh! quanto soffro!—mormorò...

—Coraggio, Maria, coraggio; ci sono sempre io vicino a te e quand'anche tutti ti disprezzassero, io ti difenderò sempre.

Un singhiozzo straziò il petto della guantaia.

—Quanto sei generosa! Ma vedi! Se tutto ciò che mi ha rivelato quel giovane è la verità, colpirò quell'infame che ha distrutta la mia esistenza, mi ha spezzato il cuore.

L'espressione sinistra con cui furono pronunziate queste parole, spaventarono la popolana.

—Commetteresti un delitto?

—Non so nulla, ma mi ribello contro il destino al quale il miserabile mi ha condannata e se avrò da condurre una vita di sofferenze, egli la dividerà con me, te lo giuro!

CAPITOLO OTTAVO.

Rivelazioni.

Il marchese Diego Tiani e sua moglie, invece di un lungo viaggio di nozze, avevano scelto per la loro luna di miele la solitudine di una villetta presso Cernusco-Merate.

Tanto Adriana che suo marito avevano avuto uno scopo nel ritirarsi in quel luogo.

La giovane poteva abbandonarsi al suo dolore senza che sguardi indiscreti la spiassero; Diego non avrebbe mancato di fare qualche scappata a Milano, onde continuare la vita di libertinaggio fino allora condotta.

Adriana aveva seco la sua fidata cameriera, che era a parte di tutti i suoi segreti. Diego teneva un domestico dall'aria furba e intelligente, che trattava con molta famigliarità il suo padrone e si mostrava strisciante sino al ridicolo con la giovine marchesa.

I due sposi si vedevano all'ora della colazione e del pranzo. Ma anche in quei momenti si parlavano assai poco: l'uno nervoso, irritato perchè offeso nel suo orgoglio, pieno di desiderii per quella donna ammirabilmente bella, che era sua moglie e gli apparteneva così poco: l'altra sempre assorta nelle sue tristi meditazioni, sollevando appena di quando in quando i suoi occhioni, in cui la sofferenza metteva spesso delle lacrime.

Passò un mese.

Una mattina che Adriana si trovava più pallida e più triste del solito, Diego dopo averla a lungo osservata con mal repressa ira, disse in tono sardonico.

—Sembra che non possiate dimenticare le memorie del passato, nè chi si è preso giuoco di voi.

Ella ebbe una contrazione nelle sopraciglia ed alzando la testa con aria indignata.

—E quando fosse!—esclamò alteramente—Credetemi, fareste meglio non farmi troppo pensare ad un simile avvenimento. Mi sono spiegata abbastanza prima del mio matrimonio: mi avete voluta lo stesso. Con qual diritto adunque mi rimproverate adesso, cercate scrutare i miei pensieri?…

—Dimenticate che sono vostro marito… e se conoscete la legge…

Adriana l'interruppe con un gesto imperioso.

—La legge non può impedirmi di riflettere a mio piacere: i miei doveri di moglie li conosco meglio di voi, che trascorrete le notti non si sa dove nè con chi.

—Se non mi sfuggiste come fate, se non mi mostraste in tutti i modi il vostro disprezzo, state certa che non mi allontanerei un solo istante dal vostro fianco. No non mi sarei aspettato tanta crudeltà da voi: eppure che vi feci… se non che adorarvi, quanto la stessa divinità, cercare tutti i mezzi per rendervi felice?

La sua voce si elevava a poco a poco: la sua passione scoppiava con violenza inusitata.

Adriana rimaneva fredda, insensibile.

Egli le si avvicinò e fissandola con occhi in cui passavano dei luccicori terribili.

—Badatevi—disse con voce sorda—in questo momento sono ancora lo schiavo che supplica; ma domani sarò il padrone che comanda.

Ella sostenne coraggiosamente quegli sguardi: c'era in lei qualche cosa che si ribellava contro la brutalità di quelle parole.

—Non potrete giammai costringermi ad amarvi—disse—perchè sarebbe una cosa superiore alla mia volontà. Mi spezzerete, ma senza giungere a piegarmi… e se mi aveste ben conosciuta, forse non avreste tentati tutti i mezzi per divenire mio marito.

Si alzò per andare nella sua camera, lasciando Diego furibondo, umiliato.

Appena fu sola, cadde su di una poltrona scoppiando in singhiozzi convulsi. Come si sentiva oppressa, infelice! Dunque la sua esistenza sarebbe sempre trascorsa così, vicino ad un marito che odiava, per il quale provava una repugnanza invincibile, qualche cosa che non avrebbe saputo spiegare a sè stessa… e col pensiero sempre fisso nell'altro, che l'aveva tradita, eppure amava sempre, come forse non l'aveva amato mai!

Una disperazione spaventosa assaliva la sua anima, il suo cuore sanguinava. Era stanca di vivere: uno scoraggiamento orribile l'accasciava.

La sua fidata cameriera la sorprese, mentre si dibatteva in una crisi violenta di nervi, lasciandosi sfuggire parole insensate, che mostravano il turbamento del suo cervello, lo spasimo del suo cuore.

—Signora, signora, per carità si calmi,—disse la cameriera con accento supplichevole, inginocchiandosi sul tappeto, vicino a lei.

—Ah! soffro tanto… non ne posso più, vorrei morire.

—Non dica così… ah! se potessi trovare un mezzo per consolarla… ma non so che volerle bene… offrirle la mia povera vita…

—Buona Clarina, sei sempre tu quella che mi rende la forza che sta per mancarmi: che Dio ti benedica.

Discorsero a lungo e quando la cameriera la lasciò, Adriana sembrava più calma. Ma era di una pallidezza cadaverica, i suoi occhi brillavano nelle orbite affossate, i capelli le cadevano in disordine sulle spalle.

Passò il giorno chiusa in camera. Suo marito si era allontanato dalla villa col suo domestico.

Scese la notte. Una soave tranquillità regnava nella natura: migliaia di stelle scintillavano nel cielo, i zeffiri scherzavano dolcemente tra le piante asportandone i profumi.

Adriana discese in giardino, e andò a sedersi sopra una rustica panchetta, seminascosta da un cespuglio di rose. Respirava più liberamente, i suoi pensieri avevano subito una trasformazione: erano meno amari, eccitanti, dolorosi. La calma di quella notte serena, passava nella sua anima.

Ad un tratto sentì stridere la ghiaia del giardino: sembrava che qualcuno si avanzasse con precauzione.

Sebbene la giovine donna non conoscesse la paura, di un balzo fu in piedi. Era forse suo marito che tornava? Ma non aveva sentito lo strepito del calesse, lo scrocchiare della frusta.

Stette in attese, pronta a nascondersi se qualcuno si fosse avvicinato. Non tardò a vedere un'ombra scivolare in mezzo alle piante e quando fu a pochi passi da lei, poco mancò che Adriana non gettasse un grido. Era una donna.

—Che venite a cercar qui?—chiese mostrandosi.

L'altra invece di rispondere, esclamò con una specie di trasporto…

—Voi… voi signora! Ah! come ringrazio Dio, che mi permette di parlarvi, prima di punire quel miserabile.

Ai primo suono di quella voce, Adriana trasalì, poi avendo potuto osservar meglio i lineamenti della donna che le parlava, indietreggiò con disgusto ed orrore…

—Maria la guantaia!

—Sì, Maria, una povera vittima come voi signora, di un uomo senza cuore, senza coscienza…

—Che intendete dire? Forse il vostro amante vi ha abbandonata e venite a lamentarvene con me?

Scoppiò in una risata stridente, convulsa, che parve uno schianto del cuore…

—Non giudicatemi così male, signora: Gabriele Terzi, l'uomo da voi amato, non è mai stato mio amante, ve lo giuro: un altro aveva preso il suo nome per sedurmi, mentre ingannava voi stessa: degnatevi ascoltarmi e vedrete a quale infernale seduzione abbiamo dovuto entrambe soccombere.

Adriana era divenuta pallidissima: la sua testa si smarriva. Afferrato un braccio di Maria, chiese con voce ansante, oppressa:

—L'infame, il miserabile è stato mio marito, eh?

—Sì…

—Ah! venite… ditemi tutto,—aggiunse traendo la bella guantaia sulla panchetta, dove poco prima si era abbandonata a soavi fantasticherie.

Maria le disse tutta la sua triste storia, le rivelò la scoperta fatta, riversò tutte le angoscie del suo cuore, nel cuore straziato di Adriana.

Entrambe erano in preda ad una violente emozione. Eppure in mezzo al suo atroce dolore, la contessina provava qualche cosa d'indefinibile, di stranamente dolce.

Gabriele era innocente, sempre degno di lei, del suo amore!

Ah! in quel momento comprendeva perchè non le era riuscita vincere il suo disgusto, il suo odio per Diego; capiva perchè al contatto di lui, tutto il suo essere si ribellava.

—Mi giurate Maria che quanto mi avete detto è la verità?

—Ve lo giuro e il signor Terzi potrà confermarvi che non ho mentito…

Adriana non si era ancora riavuta dallo sbalordimento cagionatele da queste parole, che Gabriele era ai suoi piedi…

Maria si alzò, ritirandosi di qualche passo per lasciar liberi i due giovani di spiegarsi. Ma nè l'uno, nè l'altra fu in grado per qualche momento di pronunziare parola…

Si tenevano stretti stretti per la mano, si guardavano muti, sospesi in un'onnipossente ebbrezza, dimenticando le sofferenze passate, l'infame tranello stato loro teso.

Un sospiro profondo della bella guantaia li strappò a quell'estasi.

—Credi tu adesso alla mia innocenza Adriana?—sussurrò Gabriele, fissandola con uno sguardo pieno d'amore.

Gli occhi della giovine donna ebbero un luccicore straordinario…

—Si, vi credo—esclamò—ma voglio che quel miserabile stesso confessi; ah! vedi quando avrò strappata dalla sua bocca la verità, dal suo viso quella maschera d'ipocrisia, ti giuro che lascierò tosto questa casa per raggiungerti… Ma ora, se mi ami, devi ripartire, tornare a Milano ad attendermi, per non dare alcun pretesto a quel vile di mancarmi di rispetto… Se ti trovasse qui, essendo egli di fronte alla legge mio marito, noi soli saremmo i colpevoli e le vittime.

La voce le mancava: un'emozione dolorosa l'assalse, le velò gli occhi di lacrime.

Gabriele le cinse con le braccia la vita e traendola dolcemente a sè, le disse con voce tenue come un sospiro:

—Adriana non piangere, non affannarti: io sono tuo per amarti, ed obbedirti: ripartirò…

—Grazie, amico mio… grazie.

Si scambiarono uno di quei baci lunghi, soavi, che sembrano voler assorbire la vita; poi il giovane balzò in piedi.

Maria si era avvicinata…

—Io rimango qui—disse con un sussulto convulso—perchè quando la signora si sarà spiegata con suo marito, sarò io che gli parlerò.

—Siete nel vostro diritto, nè ve lo contendo—rispose con dolcezza Adriana—venite Maria, venite con me: a rivederci Gabriele…

Fece un passo per allontanarsi, ma in quel momento si udì un lontano rumore di sonagliere…

—È lui che torna—disse vivamente Adriana—Gabriele… non avete più tempo a ritirarvi, rimanete qui nascosto…

E prendendo una mano di Maria, la trasse seco, aggiungendo:

—Rientriamo subito, non vi è un minuto da perdere…

Maria la seguì senza dire una parola, ma se Adriana avesse guardato il suo volto, sarebbe rimasta atterrita, tanto ne era terribile l'espressione, tanto esprimeva la collera, il dolore, la disperazione!

CAPITOLO NONO

La vendetta della tradita.

Era proprio Diego che tornava alla villetta. Una passeggiata vertiginosa fatta in calesse, in compagnia del domestico, che tremava come una foglia vedendosi spesso in procinto di essere sbalzato sulla strada per la rapidità della corsa e la violenza con cui il suo padrone frustava a sangue il cavallo, non bastò a calmargli i nervi violentemente eccitati.

Sentiva una collera pazza contro sua moglie, il cui disprezzo, le parole insultanti lo bruciavano, e chiedeva a sè stesso con qual mezzo sarebbe riuscito a piegarla. Il suo domestico non osava rivolgergli la parola, vedendolo roteare minacciosamente gli occhi, bestemmiare, imporporarsi talvolta in volto e dopo poco impallidire. Temeva che quella tempesta gli si scaricasse sul capo e soltanto quando il giovane, rallentata alquanto la corsa, fece riprendere al cavallo la via di casa, il servo respirò più liberamente.

Quando si trovarono vicino al cancello della villa, Diego di un balzo fu a terra e gettate le briglie al domestico.

—Abbi cura del cavallo,—disse brevemente.

—Sì, signor marchese.

Questi che già era entrato nel giardino, fece un passo indietro.

—Non importa che tu venga poi a raggiungermi nella mia camera—aggiunse—io non ho bisogno di cosa alcuna: vattene a letto.

Salì difilato al suo appartamento, si tolse il cappello ed i guanti, si guardò allo specchio, sorrise con una contrazione nervosa, che mise allo scoperto i suoi denti bianchi ed acuti e deformò la sua bocca, poi si diresse verso la camera di Adriana.

Provava un malessere inesplicabile, le tempia gli ardevano terribilmente, tuttavia nei suoi occhi eravi un'espressione di volontà frenetica, che pareva dovesse tutto piegare a lui dinanzi.

Adriana aveva avuto il tempo di collocare Maria nel suo ricco spogliatoio, in modo che potesse vedere ed udire ciò che succedeva nella sua camera.

Poi sormontando il suo orrendo disgusto, il turbamento che la dominava, si decise recarsi ella stessa incontro al marito.

Ma allorchè aprì l'uscio, non potè reprimere un movimento di stupore e di paura, trovandosi Diego di faccia…

—Che volete?—chiese indietreggiando alquanto.

—Suppongo non crediate voglia farvi del male, se mi presento qui dopo la scena fra noi avvenuta; ma dobbiamo parlare ancora una volta insieme e state pur certa, che dopo non vi tormenterò più colla mia presenza.

Diego aveva ripreso il suo spirito, la sua correttezza di modi.

—Passate,—disse Adriana con quel fare altezzoso, che le stava così bene.

E quando ebbe rinchiuso l'uscio, gl'indicò una poltrona presso il divano, su cui ella sedette.

Per qualche minuto si guardarono in faccia senza parlare. A Diego pareva che durante le ore rimasto assente, si fosse prodotto un cambiamento in sua moglie.

Non l'aveva mai veduta così bella, animata. Vi era come un riflesso dolcissimo negli occhi di lei, le guancie avevano acquistata una lievissima tinta rosea, trasparente, nell'insieme della persona vi era un incanto, una grazia da commovere, incantare. I nervi di Diego andavano rammollendosi.

—E la vostra cameriera?—chiese un po' imbarazzato.

—L'ho mandata a letto: avete forse bisogno di lei?…

—No, tutt'altro, anzi sono lieto della sua mancanza, perchè stanotte, spero far io le sue veci presso di voi.

Adriana aggrottò alquanto le sopraciglia.

—Siete venuto qui per dirmi delle galanterie?—esclamò in tono duro, glaciale,—Potete allora risparmiarle, perchè non sono in vena di sentirle.

Diego si morse le labbra, tuttavia rispose con disinvoltura.

—Non montate in furore, mia cara, perchè come vedete, m'inchino rassegnato al vostro volere; può darsi però che fra poco desideriate assai più un linguaggio tenero, galante a quello che vi ho preparato.

Adriana colle labbra strette frenava l'impazienza, la collera che suscitavano in lei quelle parole: provava una sensazione dolorosa.

Diego si passò la mano bianca sulla fronte: non sorrideva più…

—Del resto ero preparato a questa accoglienza—aggiunse—e se mi sono permesso di comparirvi dinanzi, non è stato senza lotta… Ma ero stanco della parte ridicola che mi fate fare; infine vi ho presa io a forza?

La giovine donna si alzò bruscamente, cogli occhi fiammeggianti.

—Colla forza no—disse fremendo d'indignazione—ma coll'inganno, il tradimento…

Aspettava quasi tremando la risposta del marito.

Egli si mise a ridere, di un riso aspro, convulso, che fece salire il rossore sulla fronte di Adriana: tuttavia seppe frenarsi.

—Ah! ah! vi hanno forse raccontato il tiro che giuocai al vostro sentimentale amante ed alla bella guantaia, una sciocca che prendeva sul serio le mie promesse, i miei giuramenti? Ebbene, non vi nego di esserne l'autore e che perciò? Tutti i mezzi sono buoni quando si vuol giungere ad uno scopo ed il mio era quello di possedervi, perchè vi amavo.

Adriana era pallida di un furore indicibile.

—Non bestemmiate la parola amore. Voi avete compiuta un'azione vigliacca, infame, malvagia. Ed io non voglio passare per vostra complice, nè sopportare più a lungo la vergogna di vivere sotto il vostro tetto: però vi cedo il posto.

Fece un passo verso l'uscio, ma Diego più pronto di lei, balzò in piedi ed afferrandola con violenza per un braccio.

—Voi non uscirete—disse con voce sorda—prima di avermi ascoltato.

Ella non chinò gli occhi sotto lo sguardo infocato, terribile del marito.

—Avete qualche altra vergogna a rivelarmi?—esclamò lentamente.

—L'avete scelta bene la parola: sì… una vergogna, che farà chinare la vostra fronte superba, schiaccierà quell'orgoglio che vi domina…

Ella si era svincolata da lui ed aveva incrociate le braccia al seno fremente.

—Scendete anche all'insulto, signore…

—Non si insulta, quando si parla la voce della verità. Credete che se io non vi avessi ottenuta con un inganno, altri vi avrebbe sposata? Sapete chi sia stato vostro padre, l'uomo che la società stima, rispetta, perchè ne ha dimenticate le sembianze, le gesta malvagie? Un'infame spia, un traditore della patria, che il popolo milanese nei giorni memorabili della sollevazione, aveva giurato di ammazzare. Egli è riuscito a fuggire, ma abbandonò alle furie dei ribelli, che ne dovettero far strazio, perchè non se ne seppe più nuova, una moglie giovane e bella, un'innocente bambina.

—Mentite… mentite!—gridò con energia Adriana, rizzandosi minacciosa dinanzi al marito, che ne sentì sul viso l'alito infiammato.

Egli la fissava con degli sguardi atroci, quasi sfidandola.

—Posso darvene le prove che ebbi da mio padre—disse freddamente—e che tengo nel cassetto del mio scrittoio, nella camera da letto. E poi—aggiunse con un sorriso insultante—se il conte Patta non mi avesse temuto, forse che mi avrebbe concessa la mano di sua figlia… ed aiutato a formare il piano, che doveva gettarla nelle mie braccia…?

Adriana sentì al cuore un dolore così atroce, come non ne aveva mai provato in sua vita. In uno spasimo di terrore, la disgraziata tentò fuggire, ma fu colta da una vertigine e prima che Diego pensasse a sostenerla, gli cadde ai piedi svenuta.

Egli fissò un istante lo sguardo su quel bellissimo corpo inerte, le cui linee pure, delicate, sembravano scolpite nell'alabastro, su quei capelli, che disciolti si spandevano sul tappeto in onde dorate… ed una fiamma d'inferno si accese nei suoi occhi. Si curvò su di lei e sollevatala violentemente fra le sue braccia, la depose sul letto.

E le sue mani si accinsero a slacciare con moto febbrile il corsetto della disgraziata, allorchè una voce aspra, mordente, risuonò alle sue spalle.

—Attendete, signor marchese, prima avete da discorrere con me…

Diego si volse con un fremito. Ritta in mezzo alla camera, stava Maria, bianca come una morta, sublime d'indignazione, di collera.

Il giovane, per quanto cinico, a quell'apparizione improvvisa, rinculò, madido di un sudor freddo, cogli occhi sbarrati, diffidenti, paurosi.

Maria invece fece due passi innanzi ed allora Diego si accorse che teneva una rivoltella nelle mani.

—Ah! non ti attendevi di vedermi ancora comparirti dinanzi—esclamò-con tale accento, che Diego sentì un brivido percorrergli le vene.—Tu speravi che la povera sciocca, dopo aver preso sul serio le tue promesse, i tuoi giuramenti, si fosse rassegnata al triste avvenire, che le avevi preparato, subisse senza ribellarsi l'oltraggio inflittole col mentirle il nome, versare a piene mani su di lei il fango e la vergogna. Ebbene, ti inganni… Diego:… dal giorno che scopersi il tuo tradimento, non ebbi che un pensiero: vendicarmi. E tanto ti ricercai coll'uomo da te atrocemente offeso, che abbiamo finito per trovarti. Gabriele, IL VERO, la tua vittima al pari di me e di tua moglie, avrebbe voluto provocarti per il primo, chiederti soddisfazione. Ah… ah! un duello, uno scandalo, che sarebbe ancora ricaduto su di lui… Ho pianto, ho supplicato per aver io il diritto di smascherarti con tua moglie, erigermi a tuo giudice. Un miserabile tuo pari, non può incrociare il ferro con un galantuomo; un delitto ne chiama un altro e vendicando me stessa, vendico anche gli altri, libero la terra da un mostro.

Egli l'aveva lasciata parlare, senza interromperla, tanto era intento a guardarla! A prima vista l'aveva riconosciuta, ma esaminandola attentamente, si stupiva dei guasti avvenuti in così breve tempo nella sua fisonomia, in tutta la persona.

Dov'era quella splendida bellezza che per un istante l'aveva affascinato, di cui si parlava spesso tra i giovani gaudenti milanesi, che non erano riusciti a conquistarla?

Di Maria, la bella guantaia, non rimaneva che l'ombra. Il corpo spariva nelle pieghe dell'abito severo, i lineamenti portavano impressi le stimmate di tutte le torture sofferte, esprimevano eloquentemente la veemenza della disperazione. Un largo solco livido cerchiava gli occhi, che si fissavano lugubremente sul giovane.

Invece di provare della pietà, Diego apparve disgustato a quella vista. Volle quindi far pompa ancora di cinismo.

—Oh! finiamola—proruppe impazientito—le tue parolone non mi spaventano e faresti meglio deporre quel gingillo che tieni in mano e non è fatto per te. Mi sembri un'attrice tragica da strapazzo. Orsù, che pretendi da me? Sono io forse il primo che dopo aver corso dietro, per qualche tempo a una bella ragazza, che tutti corteggiano, mette giudizio e ne sposa un'altra? Ho fatto male cangiar nome, ma di questo non devo renderne conto a te. Mi dicesti più volte esserti innamorata della mia persona, non del mio nome: che importa dunque mi chiamassi Gabriele o Diego? Infine ti ho io usata violenza? No… mi è bastato aprire le braccia, perchè tu vi ci gettassi. È inutile quindi che adesso ti atteggi a Dio vendicatore; questo non basterà a ricondurmi ai tuoi piedi.

Maria si sentiva assalita dalle vertigini: la nausea, il disgusto, l'orrore si dividevano il suo cuore. E più l'infame l'insultava, più cresceva il suo odio per lui, il desiderio di punire. Ed era per quell'uomo che ella aveva sacrificato gioventù, bellezza, avvenire, che aveva ingannata una madre, si era resa un oggetto di dispregio per tutti?…

Una nube di sangue le velò gli occhi. Fattasi incontro al miserabile, che a sua volta aveva istintivamente indietreggiato fino a toccare colle spalle il muro, con un riso sinistro, terribile.

—Ah! non vuoi più cadermi ai piedi—esclamò—eppure lo farai, per spirarvi l'anima tua nefanda.

Con rapido atto strinse il grilletto della rivoltella. Rintronò uno sparo seguito tosto da un grido di suprema agonia.

Diego era stato colpito in mezzo al petto e cadde colla faccia riversa al suolo, vomitando un rivo di sangue, che spruzzò sugli abiti e fin sulle mani di Maria… Ella non sembrò provarne alcun ribrezzo: colla bocca increspata, gli occhi accesi, guardava lo sciagurato che si dibatteva nelle ultime convulsioni.

Intanto al rumore della detonazione, erano accorsi Gabriele, Clarina ed il domestico di Diego.

Il servo dato una rapida occhiata alla scena drammatica, se la svignò quasi subito.

Clarina era accorsa al letto della sua padrona, che non dava segni di vita.

Gabriele veduto il corpo sanguinoso di Diego, afferrò bruscamente per un braccio la guantaia, chiedendole con voce commossa, tronca.

—Sciagurata, che avete fatto?

Ella conservava sempre un sorriso crudele sulle labbra.

—Lo vedete: mi sono vendicata… ed ho vendicati gli altri; ora costui non potrà più nuocere ad alcuno.

—È morto?

—Sì… la mia mano non ha tremato nel prendere la mira; devo avergli spezzato il cuore, come egli ha spezzato un giorno il mio.

Si passò una mano sulla fronte, rivolse lo sguardo verso il letto… e tornando al sentimento della realtà.

—Non occupatevi di lui, che non lo merita—disse con voce rapida e breve—pensate piuttosto a salvare la donna che amate.

Gabriele trasalì.

—Mio Dio… sembra morta—esclamò—Che è dunque successo?

Un lungo brivido percorse il corpo di Maria.

—Qui non vi hanno che cuori devoti a quella sventurata—pronunziò con voce lenta—quindi posso dirvi tutto: ah! vedete… quell'infame non ha voluto risparmiarla… non gli bastò di averla un giorno ingannata al pari di me, ora con una raffinata scelleratezza ha avvelenata tutta la vita della povera donna, rivelandole un segreto d'infamia, che perderebbe suo padre, se si venisse a scoprire; ma Dio ha voluto che io ascoltassi… ed il segreto, perirà con quel morto… ve lo giuro; non chiedetemi di più, ma per quanto avete di più sacro… conducete Adriana lungi di qui… in casa di suo padre…

prima che abbia acquistata la conoscenza di sè stessa: dite pure al conte Patta il dramma qui successo, ma affrettatevi, affrettatevi ad allontanarvi con lei… lasciatemi qui sola.

Quella giovine ritta presso il cadavere di Diego, che parlava così freddamente, non pensando a sè stessa, ma solo alla salvezza degli altri, scombussolava orribilmente Gabriele.

—Perchè non venite con noi? Che volete far qui?

—Attendere che vengano ad arrestarmi: ho commesso un delitto, non cercherò sfuggire alla pena.

—Io rimarrò con voi.

—Non voglio, nè lo dovete per l'onore di Adriana—esclamò con accento imperioso.—Suvvia partite, partite prima che alcuno giunga: il degno servo di costui, deve essere già corso in paese ad avvertire i carabinieri, non avete quindi tempo da perdere; la vostra vettura, Gabriele, deve sempre attendervi dietro quel sentiero; vi sarà facile trasportare in braccio quella sventurata fino là. Clarina verrà con voi… e ricordatevi entrambi se veniste interrogati, di dire che la marchesa da qualche giorno si trovava da suo padre, fate che questi lo confermi.

Gabriele esitava ancora. La bella guantaia ebbe un grido di dolore.

—Ma non capite che mi fate assai più male rimanendo qui,—proruppe concitata, convulsa.

C'era tanta supplica nel suo accento, tanta solennità nel suo gesto, che il giovane vinto, si affrettò a sollevare la svenuta fra le sue braccia, esclamando:

—Ebbene… vado… vado, ma ad una condizione: tornerò.

—No, sotto nessun pretesto, dovete farvi rivedere; non voglio che si creda siate stato mio complice; non salvereste me e perdereste la donna che amate. Solo vi raccomando ancora, quando ella riaprirà gli occhi, se ricorderà la rivelazione orrenda di suo marito, di giurarle… che il marchese Diego aveva mentito, che suo padre… è innocente.

—Ve lo prometto.

—Ed ora… non perdete un minuto: addio.

Gabriele non ebbe più la forza di aggiungere parola: si allontanò col suo prezioso peso, seguito da Clarina piangente, smarrita.

La notte avrebbe protetta quella fuga singolare. Maria non dette il minimo segno di debolezza, neppure quando rimasta sola, si mise a frugare il cadavere di Diego.

Era dominata da un'idea fissa e compiva la sua opera con ostinazione, con fermezza. Esaminò il portafogli del morto, rovesciò le tasche interne del soprabito, dei pantaloni, colla frenesia di un ladro, e nulla trovando di quello che cercava, si mordeva le labbra, le sopraciglia si aggrottavano.

Ad un tratto dall'apertura della camicia, in mezzo al sangue, del quale tutta s'imbrattava, scorse una microscopica catenella d'oro, alla quale era attaccata una chiavicina ritorta.

Gli occhioni di Maria ebbero un luccicore ardente. Strappare quella catenella dal collo del morto, impadronirsi della chiave, balzare in piedi, fu l'opera di un secondo.

Maria non rivolse un solo sguardo ai lineamenti contraffatti del cadavere; un sentimento superiore la dominava in quell'istante, precipitava le sue risoluzioni.

Afferrato un candeliere che posava sul velluto del caminetto, si diresse verso l'appartamento di Diego, che Adriana stessa le aveva insegnato, ed entrò risoluta nella camera da letto. Scorse tosto lo scrittoio fra le due finestre. Era un mobile di quercia all'antica, che poteva servire anche da casa-forte. Diego l'aveva ivi fatto trasportare da Milano.

Maria si avvicinò e in quel momento solo, fu colta da una straziante apprensione, che diede al suo sguardo un non so che di smarrito, increspò fortemente le sue labbra. Se si fosse ingannata in ciò che desiderava!

Posò il candeliere sul mobile e con mano febbrile introdusse la chiave nell'unica serratura, che lo chiudeva come un armadio.

E tosto un grido di gioia eruppe dal suo petto oppresso. La chiave girava a meraviglia, la tavola dinanzi si abbassò lentamente, ponendo allo scoperto una quantità di piccoli cassetti.

Maria li aprì uno dopo l'altro, frugando in tutti con ansioso ardore.
Vi trovò delle cambiali, lettere di donna, gioielli, denari.

Mise da parte la lettere, spargendo di mano in mano al suolo gli altri oggetti che trovava: era sotto il dominio di una viva impazienza; la sua emozione ritornava, cresceva, diveniva più pungente.

Finalmente nell'ultimo cassetto, scorse un piego voluminoso, rattenuto da una fascia, su cui stava scritto a grossi caratteri.—Documenti riguardanti il conte Ercole Patta.—Con quei fogli, Maria avrebbe potuto perdere l'uomo che aveva aiutato Diego ad ingannarla; con quel tremendo segreto, ella poteva ancora salvarsi, avere una posizione, un avvenire.

Ma la generosa e sventurata creatura non pensava a sè; ma a Gabriele, ad Adriana. L'uno era divenuto suo amico, si era appoggiato a lei con somma fiducia, l'aveva chiamata sorella; l'altra era caduta ai suoi piedi, chiedendole perdono d'averla sospettata, poi l'aveva stretta fra le sue braccia, pianto con lei.

Pareva quindi a Maria che se avesse potuto contribuire alla felicità di quei due cuori ammirabili, amanti, Dio le avrebbe forse perdonata la sua colpa, il suo delitto.

Fu quindi con una specie di straziante ebbrezza, che ella tolse ad una ad una quelle carte dalla fascia, e senza leggerle, le bruciò alla fiamma della candela.

Così pure fece di tutte le altre lettere e fogli ritrovati nello scrittoio…

E quando la sua opera di distruzione fu compiuta, una specie di sorriso dischiuse le sue labbra, un sospiro profondo sollevò il suo petto.

—Ed ora vengano pure ad arrestarmi—esclamò a voce alta e ferma—io sono pronta!

CAPITOLO DECIMO.

Le deposizioni.

Il processo di Maria, la bella guantaja di Porta Vittoria, accusata e confessa di aver assassinato il marchese Diego Tiani suo amante, aveva menato gran rumore in tutta Milano.

Si attendeva con impazienza il giorno delle Assisie, perchè i fatti non erano ben noti, vi era un lato misterioso, che tutte le indagini dell'istruttoria, non riuscirono a chiarire.

L'accusata aveva raccontato senza reticenze, freddamente, a testa alta «che ella era stata l'amante del giovine, prima ancora che egli prendesse moglie: aggiunse che Diego le aveva giurato di continuare la loro relazione, perchè sposando la figlia del conte Patta, non aveva avuto in mira altro che l'interesse; quindi invece di condurre la sposa lontano aveva scelto per la luna di miele la solitudine di quella villetta presso Cernusco-Merate, così poteva continuamente recarsi a Milano…

«Ma il marchese Diego dopo alcuni giorni pareva aver dimenticati i suoi giuramenti: si erano incontrati una sol volta, ed egli si era mostrato freddo, annoiato, rispondendo alle sue smanie, alle sue supliche di non abbandonarla, con delle beffe, parole insultanti, e persino con delle minaccie…

«Ella aveva tutto sofferto, illudendosi ancora, sperando sempre che il giovane sarebbe ritornato a lei; ma Diego non le dette più segno di vita.

«Folle, disperata, gli aveva scritto più volte senza ottenerne risposta.

«Descrisse per quale periodo d'ansia, di disperazione, di amarezze era passato il suo cuore… e come a poco a poco un istinto di ribellione si fosse fatto strada nella sua anima.

«E si rivolse alla marchesa Adriana, e nella gelosia che la torturava, le rivelò tutta la verità.

«La giovine sposa aveva avuta una scena violente col marito, poi l'aveva abbandonato per ritirarsi col padre.

«Seppe tutto ciò da Diego che si era recato furente da lei, poi ad un tratto parve che egli si ammansasse, tornò a parlarle d'amore, l'invitò a recarsi con lui nella villa stessa, dove era stato con sua moglie.

«Disse che ebbe tosto il presentimento che l'attirasse in un tranello, perchè aveva letto qualche cosa di crudele, di feroce nei suoi occhi; capiva che la menzogna deturpava le sue labbra. Tuttavia aveva accettato l'invito; solo, per quell'implacabile sensazione che la dominava, aveva portato seco una rivoltella.

«E quel malessere dei presentimenti l'aveva perseguitata durante il tragitto fatto in carrozza con Diego.

«Nella villa non vi era alcuno ad attenderli.

«Il marchese dopo averle fatta visitare tutta la casa, la condusse nella camera della moglie.

«Ed era stato lì, che si era svolto il sanguinoso dramma.

«Entrando in quella stanza, Diego aveva cambiato subitamente modi e linguaggio.

«Ai rimproveri, ai sarcasmi, erano seguiti gl'insulti, le offese atroci e non accontentandosi di straziarla, attanagliarla, imprimerle sulla fronte il marchio rovente dell'umiliazione, della vergogna, si era avanzato verso di lei minaccioso, furente, dicendole che era un ostacolo alla sua vita e voleva sbarazzarsene…

«Ed allora perduta la testa, folle di disperazione, aveva estratta la rivoltella ed aveva colpito.»

Tutto ciò disse Maria, senza smentirsi mai, sebbene cercassero tutti i mezzi per coglierla in flagrante contraddizione.

Il domestico di Diego asseriva invece; «che la marchesa Tiani non si era mai staccata dal marito e si trovava alla villetta anche la notte dell'assassinio: raccontò la passeggiata furiosa fatta in quel giorno in carrozza col padrone, il loro ritorno a casa ed aggiunse che sebbene il marchese, contro il solito, lo mandasse a coricarsi non avendo più bisogno dei suoi servigi, egli non si era ancora posto a letto, allorchè rintronò uno sparo, che lo fece accorrere nell'appartamento del padrone; ma nel corridoio incontrò Clarina ed uno sconosciuto, che si slanciavano verso le stanze della marchesa. Li aveva seguiti e si era trovato dinanzi ad una scena, che non avrebbe mai più dimenticata. Il suo padrone era steso a terra in un lago di sangue, la marchesa sul letto livida, cogli occhi chiusi, pareva morta e nel mezzo della camera, ritta in piedi, in atteggiamento ancora minaccioso, colla rivoltella fra le mani, stava una donna, che non aveva mai veduta prima di quella notte.

«Spaventato era corso fino in paese a chiamare aiuto e quand'era ritornato, non vi trovò più che quella sconosciuta, la quale fattasi innanzi ai carabinieri, aveva detto con molta calma:

«—Vi attendevo; sono io che uccisi il marchese Diego e mi trovo pronta a seguirvi.

Clarina interrogata disse: «che da qualche tempo la marchesa Adriana non andava più d'accordo col marito, che spesso l'aveva sorpresa a piangere, ed un giorno alfine la sua padrona aveva dichiarato che voleva tornare presso il padre.

«Sosteneva che la notte dell'assassinio non si trovavano alla villetta.»

Non fu possibile interrogare la marchesa Adriana, perchè era gravemente, pericolosamente ammalata, per la scossa subita nell'apprendere l'assassinio del marito. La sventurata donna non riconosceva più alcuno; divagava continuamente ed usciva da quella crisi di delirio così prostrata, che non si riusciva a farle pronunziare parola.

Il conte Patta, invece di commuoversi alla morte di Diego ed allo stato deplorabile in cui si trovava sua figlia Adriana allorchè gliela riportarono al palazzo, parve non avere altro pensiero che di farsi ripetere più volte da Gabriele il racconto dell'accaduto… e quanto aveva detto Maria.

Quella giovine sapeva il suo segreto come ormai ne era conscia Adriana; ma questa non avrebbe parlato per non perderlo, l'altra avrebbe taciuto, perchè egli non aggravasse la sua sorte e fors'anche perchè era certa di non essere creduta.

Il conte non ammetteva generosità negli altri, essendone egli incapace.

Solo lo spaventò l'idea di quelle carte compromettenti, colle quali spesso Diego l'aveva minacciato… e che ormai sarebbero cadute in potere della giustizia.

Che gl'importava del silenzio di Maria e di Adriana, se esistevano quei fatali documenti, che l'avrebbero messo all'indice dalla società?

Invano egli si era sforzato anche dinanzi a Gabriele a mantenere la sua calma: ebbe un'imprecazione per il morto, poi rimettendosi alquanto.

—Potete cedermi la vostra vettura?—chiese vivamente al giovane.—Fa duopo che mi rechi io stesso sul luogo del delitto.

—Mi sembra, signor conte—rispose Gabriele dissimulando un movimento di stupore—che in tal modo compromettereste tutto.

Il conte alzò bruscamente il capo.

—Per qual ragione?

—Ricordatevi la raccomandazione di quella giovine, non pensate adesso che a vostra figlia. L'impazienza del conte non conosceva più limiti.

—A costo di qualsiasi cosa, bisogna che vada, voglio sapere se Diego ha lasciato qualche scritto compromettente…

—A quest'ora, signore, non siete più in tempo; le autorità devono già essere sul luogo, perchè nessuno ebbe testa in quel momento d'impedire al servo del marchese di correre a dar l'allarme, e voi sapete meglio di me, che quando in una casa si commette un delitto, non si può toccare cosa alcuna, fin dopo le constatazioni legali.

Questo dialogo aveva avuto luogo in un salotto presso la camera, dove era stata posta Adriana, che rinvenuta, si lasciava spogliare macchinalmente da Clarina, guardandola con occhi sbarrati, senza riconoscerla.

Ma ad un tratto si era svincolata dalla cameriera ed in preda ad un terrore pazzo, si era slanciata nella stanza vicina, ricadendo priva di sensi tra le braccia del padre, che ebbe appena il tempo di sostenerla.

Ciò produsse una diversione nei sentimenti del conte: il suo furore si rallentò ed in faccia a Gabriele, ebbe il coraggio di dissimulare.

—Avete ragione—disse—in quest'istante non debbo pensare che a mia figlia.

Ma quando dall'autorità fu avvertito dell'assassinio commesso sul marchese ed invitato a recarsi alla villetta per assistere personalmente all'inchiesta, ricominciò a tremare e si stropicciò colla mano la fronte, che l'angoscia solcava di rughe profondissime.

Quando si trovò dinanzi al cadavere di Diego, il suo viso scialbo non ebbe che una leggiera contrazione, ma questa si accentuò ed il sangue gli salì al cervello, allorchè vide lo scompiglio, che regnava nella stanza del marchese.

—Che vuol dir ciò?—chiese con accento impossibile tradursi a parole—oltre l'assassinio, è stato qui commesso anche un furto?

—Ora esamineremo, signore: conoscete presso a poco la quantità dei valori, che si trovavano rinchiusi in questo scrittoio?

—L'ignoro affatto—rispose il conte con voce tremula—so soltanto, che mio genero teneva presso di sè... dei documenti importanti di famiglia.

—Che fossero questi?—disse uno degli agenti incaricati dell'inchiesta, mostrando un mucchio di carta bruciata.

Il conte era ritornato all'apparenza calmo, freddo.

—Ora vedremo—disse.—Ma la cosa sarebbe assai strana. Si trovarono i giojelli, le cambiali, dei fogli di banca, dell'oro, ma nessuna carta, nessuna corrispondenza.

Pareva che al conte gli si fosse sollevato un immenso peso dal petto.

Il suo spavento cessava, ma si accresceva in lui lo stupore.

Da che proveniva quella generosità della bella guantaia, dell'omicida? Qual sentimento l'aveva spinta a distruggere quelle carte, a cercare di seppellire un segreto che poteva giovarle?

Avrebbe voluto saperlo, ma nello stesso tempo si guardava bene dal chiederlo...

Solo alcuni giorni dopo, gli venne riferito che Maria essendo stata interrogata sui motivi che l'avevano indotta a rovistare i cassetti di quello scrittoio, a bruciare quelle carte, disse che ella voleva distruggere tutta la sua corrispondenza col marchese, ed avendo trovato altre lettere di donna le mise tutte in un fascio, con diversi fogli, senza neppure esaminarli, tanto si trovava eccitata.

Mentiva quella giovine o diceva la verità? Così si chiedeva il conte... In ogni modo, un immenso sollievo gli allentò i nervi: egli non si era mai sentito più felice e leggiero... e ringraziava il destino che per mezzo di quella fanciulla, l'aveva liberato da un incubo, che da tanti anni lo tormentava e da un miserabile, che era stato per così lungo tempo suo carnefice.

L'unico che fosse sfuggito all'attenzione generale, era Gabriele... Nessuno lo disturbò, nè chiese di lui, che ormai aveva libero accesso al palazzo del conte, il quale comprendeva che per far dimenticare a sua figlia l'ultimo colloquio avuto col marchese, quand'ella sarebbe stata in grado di ricordare, l'unico che potesse giovarle, lasciarle credere che Diego aveva mentito, rivelandole un segreto che non esisteva, era Gabriele Terzi.

Ed il giovine non dimenticava la solenne promessa fatta a Maria!

Un altro testimone importante nel processo che si stava istruendo, era la vecchia popolana Annetta, che tutti credevano madre della bella guantaia...

Ma la povera donna, già affranta del dolore, per il cambiamento avvenuto nella fanciulla, che adorava, non aveva resistito all'ultimo colpo, ed assalita da una paralisi, si trovava all'ospedale in pericolo di vita ed incapace a pronunziare parola. Così tutto si univa per rendere il dramma più solenne, misterioso!

CAPITOLO UNDECIMO.

Un mistero svelato.

Benchè la mattinata fosse assai frigida, piovigginosa, pure la via del Senato, il cortile del palazzo Elvetico e la vasta Sala della Corte d'Assise, ove già seguivano le solennità scolastiche dei Collegio Elvetico, erano straordinariamente affollate di gente avida di assistere al dibattimento della bella guantaia, la quale malgrado il suo delitto, si era acquistata una simpatia generale.

L'accusata comparve dinanzi alla Corte, vestita di nero, col velo tradizionale, sotto cui spiccava la sua faccia bianca, illuminata dai grandi occhi azzurri, nei quali eravi un'espressione di sofferenza, di stanchezza, da non potersi dimenticare.

Ella teneva alta la testa, ma quell'apparenza di orgoglio era temperata da un mesto sorriso, che sembrava riflettere i dolori dell'anima.

Nel momento in cui Maria veniva introdotta nel banco degli accusati, appariva dall'altra parte, il conte Ercole Patta.

Egli non sarebbe comparso fra i testimoni, ma non aveva potuto resistere alla curiosità di vedere la giovane, che lo preoccupava più di sua figlia Adriana, perchè non sapeva spiegarsi il contegno di lei, il suo strano modo di agire con chi aveva contribuito a perderla.

Bisogna anche aggiungere che il conte temeva che al momento supremo, dinanzi alla Corte, la bella guantaia facesse qualche imprevista rivelazione. E sebbene egli pensasse che distrutte quelle carte non aveva più nulla a temere, pure non si sentiva tranquillo, ed al lividore del viso, aggiungeva un'inquietudine nervosa, che gli faceva in certi istanti fin battere i denti...

La vista di Maria gli produsse una sensazione non mai fino allora provata. Gli pareva di aver veduta altra volta quella figura slanciata, piena d'alterezza, quel viso di un pallore diafano, che portava le traccie dei lunghi patimenti sofferti in silenzio, quei grandi occhi glauchi, che si fissavano nel vuoto, senza nulla vedere... Ma dove? Quando?

Ad un tratto fece un balzo come se si destasse repentinamente, il cuore gli si strinse in una crispazione spaventosa, un'esclamazione pazza gli salì alla gola e per rattenerla, fece uno sforzo così violento, che i pomelli delle sue gote, s'infiammarono, negli occhi ebbe una specie di barbaglio...

Egli tremò ancor più sentendo la voce dell'accusata, che ripeteva la confessione fatta al giudice istruttore, senza aggiungere o togliere una sola parola...

—Insistete a dire che eravate sola col marchese Diego nella villa di Cernusco, dove egli stesso vi condusse?—esclamò il presidente.—Continuate ad affermare che avete colpito per difendervi?

—Affermo ed insisto, perchè è la verità. Avevo il desiderio di punire colui che mi straziò l'anima, mi coprì di vergogna, ma vi giuro che non l'avrei fatto, se egli stesso non mi avesse spinta.

Parlava con voce chiara, che aveva talvolta delle vibrazioni dolci, armoniose; tal altra diveniva amara, convulsa, stridente.

Quando ebbe finito sedette, senza dare alcun segno di stanchezza, di sofferenza.

48

Dopo di lei fu udito il servo del defunto marchese. Con sorpresa del presidente e degli altri, ritirò quanto aveva ammesso durante l'istruttoria, disse che quel giorno per il dolore della morte del padrone aveva perduta la testa, che non sapeva quello che si dicesse, ma la verità si era che nella notte dell'assassinio, il marchese l'aveva con un pretesto lasciato a Milano, perchè forse voleva condurre a Cernusco la bella guantaia. Aggiunse che spinto da un tristo presentimento non seppe resistere di rendersi disobbediente al padrone, ma non fu in tempo di recarsi alla villa, prima che l'assassinio fosse compiuto.

Si capì che quel servo, dall'aria furba e cinica, era stato comprato per indurlo a ritirare all'udienza la sua deposizione. Ma come scoprirlo? Malgrado le ingiunzioni severe del presidente, la minaccia della pena severa per falsa testimonianza, il domestico giurò di nuovo che ormai diceva la verità, tutta la verità, nient'altro che la verità!

La sfilata dei testimoni non fu lunga, nè importante, tuttavia per ultimo, quando la voce formidabile dell'usciere, annunziò l'Annetta Durini, la madre dell'accusata, un mormorio, un fremito si sparse nell'uditorio, mentre il viso di Maria esprimeva la più grande costernazione…

Sua madre testimone? Che avrebbe detto? Aveva dunque ricuperata la parola? Era guarita?

Il cuore le batteva fino a spezzarsi, perdette la sua presenza di spirito, tremò, ebbe paura del primo sguardo di quella madre offesa, oltraggiata nell'onore, che tanto aveva sofferto, pianto per cagion sua.

La popolana entrò portata sopra una sedia da due robusti infermieri dell'ospedale.

La sua fisonomia mostrava l'impronta di tutti i dolori provati, esprimeva ad un tempo l'angoscia e la pietà. Le guancie incavate, le narici emaciate, le rughe profonde delle tempia e della bocca, gli occhi spenti, i capelli incanutiti, tutto le dava un aspetto da stringere il cuore.

La folla che aveva accolta la sua entrata con un mormorio di compassione, quando vide brillare sul petto di lei la medaglia al valore e conobbe di aver dinanzi un'eroina delle famose cinque giornate, scoppiò in un formidabile applauso.

Il Presidente ottenne a stento il silenzio.

Annetta appariva vivamente commossa e prima ancora di prestare il giuramento, volse uno sguardo ansioso, vivissimo verso Maria e con voce tremante:

—Così dovevamo rivederci—balbettò—ah! povera… povera fanciulla!

Grosse lacrime scorrevano sul viso di Maria. Ah! cosa era mai la morte in confronto allo strazio orribile, che soffriva in quel momento. Pareva che le lacerassero il cuore a brani, sentiva un cupo ronzio negli orecchi, la lingua attaccata al palato.

—Mamma… mamma,—disse con voce strangolata, stendendo verso di lei le manine bianche, affilatissime.

Passato quel primo momento di suprema commozione, la popolana si rimise, chiese scusa per aver domandato di presentarsi al pubblico dibattimento come testimone, ma non avendo potuto essere interrogata prima in causa della sua grave malattia, dalla quale non si era ancora perfettamente ristabilita, aveva creduto però suo dovere di venire a difendere la fanciulla, trovandosi in grado di parlare, esprimersi chiaramente.

E dopo la formula del giuramento, la popolana rispose con precisione alle domande fattele intorno al suo nome, cognome, e domicilio.

Non si udiva il più lieve respiro nella sala: pareva che la folla avesse sospeso il fiato per ascoltarla.

Solo quando dichiarò che ella non aveva avuto figli, si udì un mormorio subito represso, mentre il Presidente le chiedeva:

—Di chi è dunque l'accusata, alla quale deste il vostro nome?

—Ve lo dirò, signor Presidente, ormai è inutile il mistero.

Ed allora la popolana ebbe uno sfogo: le parole le vennero alle labbra impetuose, tronche, gemebonde. Rifece la storia di quei giorni di sollevazione, di terrore, narrò le rapide peripezie a lei succedute, parendole rivivere in quei tempi, rievocandoli, raccontò la morte del marito, e il ritrovo di quella creaturina... coperta di sangue, svenuta, che ella aveva rianimata a forza di baci, di carezze, sentì subito d'amare come se l'avesse portata in seno...

Ridire la commozione che provava il pubblico a quella narrazione inaspettata, sarebbe impossibile...

Ma due persone sopratutto sembravano in preda ad un'eccitazione straordinaria: il come Patta e Maria.

Il primo continuava a stropicciarsi colla mano destra la fronte, che l'ansia, l'angoscia fortemente increspava; l'altra come colpita da atonia, teneva gli occhi sbarrati sulla popolana, chiedendo a se stessa se non sognava, se era la verità che le si rivelava dinanzi, spietatamente, in quel momento.

Tutti gli sguardi erano fissi su Annetta. Il Presidente le chiese se non aveva fatte indagini per scoprire a chi appartenesse quella fanciulla.

—Ho cercato per più mesi, ma inutilmente—rispose la popolana—allora supposi che la bambina fosse scampata per miracolo all'eccidio di qualche famiglia signorile, che i suoi parenti fossero tutti morti o fuggiti e mi convinsi che non apparteneva al mio ceto dalla biancheria finissima che indossava e da un medaglioncino che teneva al collo, raffigurante una testa di morto... attaccata ad una microscopica catena d'oro.

La popolana si interruppe. Un grido improvviso echeggiò nell'ampia sala, seguito dal rumore di un corpo che cadeva pesantemente e da più voci, che dicevano:

—Presto... un medico...

Vi fu un momento di tumulto indescrivibile...

—Che cosa succede?

—È il conte Patta, che è svenuto...

—Forse l'emozione, il caldo, è stato un'imprudenza la sua recarsi qui...

—Lo trasportano fuori.

—Non sarà cosa grave...

Queste ed altre esclamazioni si udivano nell'aula. Chi si mostrava contrariato, chi impietosito, chi curioso…

Il nome del conte Patta era giunto agli orecchi dell'accusata, producendole una sensazione profonda, mettendole nelle vene un brivido di angoscia, di paura. Le risuonavano in quel momento alle orecchie le parole pronunziate da Diego, allorchè rivelava a sua moglie, l'infamia del padre…

«Una spia, un traditore della patria, che il popolo milanese nei giorni memorabili della sollevazione, aveva giurato ammazzare. Egli è riuscito a fuggire, ma abbandonando alle furie dei ribelli, che ne dovettero far strazio, una moglie giovane e bella, un'innocente bambina.»

E se fosse lei quella bambina? Qualche cosa le diceva che non s'ingannava! Quel grido straziante che le risuonava in cuore, l'aveva ferita fin nelle viscere, non era l'appello di un uomo che sveniva per il troppo calore o l'emozione, ma l'evocazione disperata di un padre, che ritrovava la sua creatura!

Ecco perchè qualche cosa maggiore della sua stessa volontà, l'aveva spinta a distruggere quelle carte, che potevano perdere il conte. Era la voce del sangue che parlava in lei! Era Dio stesso che la guidava, per non dare al mondo lo spettacolo mostruoso di una figlia che perdeva, condannava il proprio padre…

Al conte Patta doveva la vita, ed ella aveva salvata la sua; ma sentiva che giammai avrebbe potuto amarlo…

Pensava invece con strazio a quella madre, che egli aveva abbandonata in preda al furore popolare. Forse quella sventurata, sebbene coperta di ferite, era giunta a porla in salvo presso la casa della generosa popolana, ed era quindi fuggita, per andare a morire altrove, onde non scoprissero che quella creaturina era sua figlia, la risparmiassero.

Lacrime ardenti scorrevano sulle guancie di Maria, di quelle lacrime che anzichè riuscire di sollievo, dilaniano il cuore.

Intanto nella sala si era ristabilita la calma. Si seppe che il conte rinvenuto quasi subito, aveva detto essere stato preso da un senso di soffocamento per il troppo calore e sebbene si sentisse meglio, non si trovava più disposto ad assistere all'udienza ed era ritornato al proprio palazzo.

Annetta potè riprendere la sua narrazione; ma ormai si era così affaticata, che le parole uscivano a stento, mozze dalle sue labbra, e potè appena protestare che Maria era innocente, che se aveva commesso il delitto, la colpa era del marchese Diego, il seduttore, l'infame, che l'aveva disonorata; poi si piegò affranta sulla seggiola, mormorando:

—Rendetemela… rendetemela; se Maria viene condannata, che io lo sia con lei: la sua separazione è la mia morte.

L'udienza fu per quel giorno terminata. All'indomani, la folla aumentò ancora. Si trattava di sentire la requisitoria del Pubblico Ministero, la difesa ed il verdetto. La sorte fu favorevole all'accusata: il Pubblico Ministero si mostrò assai indulgente, mite per lei; l'avvocato la difese con tanto calore, che persino i giurati avevano le lacrime agli occhi. Onde allorchè ritornati dalla Camera di deliberazione, il Capo di essi, pronunziò con voce vibrata:

—No: l'accusata non è colpevole…

Si udì nella sala un lungo mormorio di approvazione, che scoppiò in un applauso fragoroso, allorchè riapparve Maria…

Questa si sosteneva a stento in piedi: le pareva di soffocare, si sentiva piegare le gambe ed appena il Presidente le ebbe annunciato che era assolta, libera, non potè balbettare una sola parola di ringraziamento, perchè si svenne.

CAPITOLO DUODECIMO.

Padre e figlia.

Albeggiava: nè Annetta la popolana, nè Maria avevano dormito, perchè troppo bisogno provavano di sfogare il loro cuore, dopo tanti mesi di separazione.

La guantaia uscita di carcere, trovò la popolana, che l'attendeva in una carrozza per tornarsene alla loro modesta casa, non volendo Annetta più saperne d'ospedale, dopo aver ricuperata la creatura, che era tutta la sua vita, il suo amore.

Al primo incontro, trovandosi in presenza d'altri estranei, non potendo ancora la povera donna camminare da sola, entrambe si contentarono di stringersi in un lungo amplesso, di mischiare insieme baci e lacrime.

Ma quando si trovarono finalmente sole, riunite nella camera stata testimone di tante gioie e tanta disperazione, le due donne non si contennero più... Si aprirono a vicenda l'anima, si raccontarono tutte le impressioni subite dopo la loro separazione.

—Non mi respingi da te sebbene io abbia le mani imbrattate di sangue?—mormorò Maria.

—È sangue di traditore e non disonora—rispose la popolana, che riprendeva l'ardire di una volta—io non ti ho mai biasimata, perchè al tuo posto avrei fatto lo stesso.

Maria chinava il capo.

—Sei forse pentita di averlo ucciso?—chiese Annetta.

La giovine si scosse.

—No—rispose con voce sorda—perchè ho veduto nel mio delitto la mano del destino.

Bussavano alla porta.

La popolana ebbe un gesto d'impazienza.

—Qualche nuovo importuno—disse—non rispondiamo.

Si bussò una seconda volta più forte.

—Ebbene... vediamo chi è.

Maria andò ad aprire e si trovò dinanzi un signore, avvolto in un lungo soprabito, con una barba foltissima, il cappello calato sugli occhi.

Il viso della guantaia rimaneva al buio, onde l'altro non la riconobbe e disse con tronca voce.

—È qui che abita Maria Durini, la giovine liberata questa notte?

—Sono io, signore: che volete?

—Parlarvi un sol momento: mi chiamo il conte Patta.

Ella provò un orribile sussulto al cuore, pure seppe mantenersi impassibile.

—Entrate signore,—disse ritraendosi alquanto. Lo condusse presso la popolana. Sebbene il conte se l'attendesse, tuttavia non potè dissimulare un fremito nel trovarsi vicino a quella donna, il cui eroismo umiliava il suo orgoglio, lo schiacciava.

—Perdonate, se disturbo,—balbettò.

—Che cosa volete?

—È il conte Patta, mamma—replicò con freddezza Maria—che desidera parlarmi.

Gli aveva offerta una sedia ed ella rimaneva dritta, presso la poltrona dove si trovava Annetta. Il conte parve sormontare il suo imbarazzo.

—Se mi sono permesso di venir qui, due gravi motivi mi hanno indotto—disse, rivolgendo la parola alla popolana—mi trovavo ieri l'altro all'udienza e mi commossi al pari di tutti, anzi più di tutti, alla storia della vostra figlia adottiva, storia che mi ricordò un fatto, accaduto appunto in una di quelle tremende giornate, che evocaste.

Annetta ascoltava con ansietà: era evidente che le parole di quell'uomo la interessavano.

Maria invece sentiva crescere la sua avversione per colui, che pur aveva nelle vene lo stesso sangue, era suo padre. Forse se ella l'avesse veduto entrare curvo sotto il peso del dolore, del rimorso, avrebbe perduto il coraggio di accusarlo, il cuore le si sarebbe schiuso alla pietà.

Ma dal suo esordio istesso, si capiva che il conte stava architettando una menzogna e Maria s'irrigidiva, si corazzava contro qualsiasi debolezza.

Egli continuò:

—Un mio amico carissimo, quasi un fratello, aveva smarrita in quelle funeste giornate una fanciullina di due anni o poco più, che portava appunto al collo un gioiello, quale lo descriveste, una testa da morto, appesa ad una catenella d'oro; terreste voi ancora quello ritrovato?

La popolana appariva vivamente commossa, mentre la giovane guantaia rimaneva impassibile, come se la cosa non la riguardasse.

—Sì... lo tengo sempre—esclamò Annetta—Maria, guarda nel secondo cassetto del canterano, in quella scatola di cartone giallo; lo troverai.

La giovine obbedì senza dimostrare molta emozione. Ella non tardò a rinvenire l'oggetto designato e lo porse colle sue mani stesse al conte.

Egli non ebbe bisogno di esaminarlo molto per riconoscerlo: allora la maschera d'indifferenza che copriva il suo volto disparve; due grosse lacrime gli scorsero sulle guancie e tendendo le mani a Maria.

—Ho mentito, perchè temevo ingannarmi—esclamò—ma ora... non vi ha più dubbio; tu sei mia figlia...

Forse si attendeva che la fanciulla gli si gettasse nelle braccia, si aspettava un'esplosione di gioia e di sorpresa.

Ma questa non sfuggì che alla popolana.

Maria rimase fiera, tranquilla.

—Se sono vostra figlia—proruppe con accento amaro—ditemi che avete fatto di mia madre.

—È morta—balbettò avvilito il conte, mentre la popolana guardava stupita la giovine, senza comprendere.

—Morta? Dove? Quando? Voi non lo sapete eh? Mia sorella ha almeno una tomba su cui pregare, la sua delle madri ha goduto la stima del mondo, la pace della famiglia, è morta benedetta, compianta. Ma la mia? È stata vilipesa, maledetta, errante, esposta a tutti gli insulti, a tutte le umiliazioni, si è trascinata morente per le strade di Milano, chiedendo pietà per sè, per la sua creatura... Chi può dire come è riuscita a salvarmi? Che ne è stato di lei, del suo misero corpo? Voi l'ignorate, è vero? Conte, io non sono più una bambina adesso; so quello che dico e quello che faccio. Mio padre voi? Ditemi che avete fatto per meritare che io vi dia un nome così sacro, un nome che dovrebbe far battere il mio cuore di ebbrezza, di commozione. Quando ero bambina, preferiste salvare la vostra vita piuttosto che la mia; fatta giovane ed onesta con tanti sacrifizii da questa povera donna, che per appianare la strada a me, che pure non ero sua figlia, avrebbe data la vita, mi mandaste dinanzi uno sciagurato perchè mi perdesse, facesse di me una vittima, che dovesse servire al tradimento di un'altra.

Il conte che aveva chinato il capo, lo rialzò.

—È una menzogna: io nulla sapevo.

—Non negate... Diego stesso confessò il mercato infame concluso con voi, il cui prezzo, dovevano essere... le vostre stesse... creature...

—Ignoravo la vostra storia,—balbettò il conte colle labbra tremule, convulse.

—Credete di scusarvi col dirmi questo?—proruppe con impeto Maria.—Forse perchè figlia del popolo, ero meno degna di pietà, di rispetto, di vostra figlia? Ed avete voi risparmiata Adriana, che pur viveva al vostro fianco, che vi amava? E vi chiamate padre, venite a dirmi: «Tu sei mia figlia!» Ebbene no, io non vi conosco; è già troppo che abbia commesso un delitto per cagion vostra, vi abbia risparmiata una vergogna, porti il peso delle vostre colpe e non ne aggravi la mia innocente sorella: non voglio saper altro di voi, nè dovervi nulla. Io non avrò altro nome che quello datomi da mia madre adottiva, io non sarò che sua figlia!

Così dicendo s'inginocchiò su di uno sgabello, dinanzi alla popolana, le appoggiò la testa sul seno.

Annetta che l'aveva ascoltata in silenzio, in preda ad un'emozione indescrivibile, si curvò verso di lei, baciandola a lungo, con intensa passione; i suoi occhi erano pieni di lacrime.

Il conte era impallidito sotto la contrazione di una sofferenza acuta.

—Dunque mi rinneghi?—balbettò.

Maria non rispose.

—Sono stato molto colpevole—proseguì il conte—ma vorrai tu essere inesorabile con me, che venni qui per riparare i miei torti, renderti il posto che ti aspetta, le ricchezze alle quali hai diritto?

La popolana sussultò combattuta fra il timore e lo sconforto; lo sconforto per quella poveretta, che sentiva meritevole di miglior destino; il timore di separarsi da lei.

—Vi ringrazio, signore—disse Maria senza collera, ma senza emozione—preferisco la povertà vicino a lei, che la ricchezza al vostro fianco.

—Ma non io intendo dividervi: ella verrà con te, nel mio palazzo.

—Non più, signore—interruppe Maria con un accento d'indignazione frenata, che le rese la sua altera beltà—la moglie di Mario Durini, uno degli eroi caduti sulle barricate di Porta Vittoria, la popolana che arrischiò la sua vita per la libertà, non può vivere sotto il tetto di chi ha traditi i suoi fratelli, la patria. Ed io porto il nome di quel morto glorioso, e di mia madre adottiva.

—Maria ha ragione,—mormorò piano la popolana, che pur provò un senso di pietà per l'espressione di vergogna, comparsa sul viso infocato del conte.

—Sei crudele,—disse questi a mezza voce.

—Sono giusta.

Il conte cominciava ad irritarsi.

—E se io ti obbligassi a seguirmi?

Maria si alzò in piedi con impeto, incrociando le braccia.

—Con quale diritto?

—Sono tuo padre.

—Come potrete dimostrarlo? Forse raccontando le vostre gesta passate? Se vi abbassaste fino ad una così orribile confessione, forse avrei della compassione per voi, potrei perdonarvi, ma piuttosto che seguirvi, rinnegare chi mi ha dato più della vita, mi ucciderei.

Era chiara, risoluta: l'espressione del suo viso… mostrava abbastanza che non mentiva.

Il conte pure si era alzato e per un momento padre e figlia si tennero di fronte, guardandosi fissamente negli occhi; egli con una cupa rabbia nel cuore: Maria cercando dentro di sè la voce del sangue e non trovando che il grido della repulsione.

—Non vuol dunque proprio nulla da me?—disse il conte a denti stretti.

—Una sol cosa: che mi dimentichiate.

Egli non aggiunse parola; si diresse lentamente; verso l'uscio; forse sperava all'ultimo momento che la figlia lo richiamasse, ma la giovine rimase immobile, muta presso la popolana.

Il conte si morse le labbra e se ne andò sbatacchiando la porta.

Allora Annetta stese verso la giovine le sue mani scarne e tremanti e con un'angoscia dolorosa, che rendeva la sua voce fievole, velata.

—Non ti pentirai un giorno—balbettò—di esserti mostrata inesorabile, d'averlo respinto? Non rimpiangerai le ricchezze alle quali rinunciasti?

—Ma non vale il tuo cuore più di tutte le ricchezze del mondo? Chi non andrebbe orgogliosa di chiamarsi tua figlia? Io rimpiango di non averti amata, apprezzata abbastanza, come meritavi: io mi pento per i dolori che ti ho recati e le lacrime che ti feci versare. Ma non fu mia colpa: era destino.

Maria sentiva la sua mente trascinata in un turbinio di pensieri tristi, lugubri.

Però l'altera creatura si riscosse quasi subito e mettendo sulla guancia della popolana un bacio rovente.

—Io non voglio che te, madre mia—replicò—oh! chiamami sempre col dolce nome di figlia.

Annetta sentì passarsi nel cuore un'ondata di gioia e mentre ricambiava con trasporto i baci di Maria, due grosse lacrime le caddero dagli occhi su quella fronte, che il dolore, la sventura avevano purificata!

CONCLUSIONE.

Una scena dolorosa e sinistra si svolgeva nel palazzo del conte Ercole Patta. Adriana moriva. La scossa subita all'orribile, inaspettata rivelazione del marito, le aveva spezzata la vita.

Crisi nervose violentissime si erano succedute senz'intervallo l'una all'altra, logorando il suo corpo, mettendo nel suo cervello delle allucinazioni tremende, che la facevano prorompere in grida strazianti, contorcersi fra terribili convulsioni.

Erano stati chiamati a consulto le prime celebrità della scienza; si tentarono i rimedii più arrischiati, pericolosi, fu fatta viaggiare, la condussero in Isvizzera, in Germania, alle terme più rinomate; ma da tutti questi sforzi, queste prove, era uscita vieppiù affranta, coll'organismo intieramente distrutto. Ed allora i medici dichiararono che non vi era più nulla a fare.

Adriana espresse il desiderio di ritornare a Milano e fu esaudita. Vi giunse morente.

Il primo giorno che ella riacquistò la facoltà di sentire, riflettere, pensare, fu sorpresa, trovando Gabriele al suo fianco.

—Come siete qui?—sussurrò.

—Ebbi il permesso da vostro padre.

—E mio marito?

Gabriele non rispose…

—Ma dove siamo? Che è successo?

Tremava orribilmente e stringendosi colle mani la fronte…

—Ah! ricordo… ricordo tutto… ciò… che mi ha detto… Diego; andate… andate… Gabriele, se conosceste di chi sono figlia, se scopriste il tremendo segreto di mio padre.

—Quel segreto… è una menzogna.

—Che?… Che dite?…

—Che nulla vi ha nella vostra vita, nè in quella di vostro padre, di cui possiate arrossire.

Il giovane parlava coll'accento della verità, ma Adriana non era convinta.

—Voglio vedere mio padre, parlar solo con lui—esclamò—andate a chiamarlo.

Il conte non tardò a comparire. Benchè cercasse sorridere, il suo volto aveva un lividore di morte.

—Che desideri, mia cara?—disse accostandosi al letto.

—Voglio che tu mi prometta di ricercare la fanciulla che un giorno abbandonasti,—disse la giovane donna, con estrema emozione, fissandolo intensamente negli occhi.

Il conte cadde nel laccio. Con voce debolissima, curvando addolorato il capo.

—Lo farò, te lo giuro,—rispose.

Era una confessione, Adriana mandò un grido straziante.

—Ah! non mentiva adunque, Diego: oh! che infamia, figlia… di una spia… moglie di un miserabile… Dio… Dio… che ho fatto per punirmi così!…

Da quel momento non si ebbe più speranza di salvarla: ella non volle più vedere alcuno, nemmeno Gabriele; si diceva indegna di lui, di tutti.

Il conte fu costretto a non più varcare la soglia della stanza di sua figlia, perchè la presenza di lui, la faceva cadere in terribili convulsioni.

La sera in cui il medico annunziò che Adriana non avrebbe trascorsa la notte, il conte, come pazzo dal dolore, si trascinò sulle ginocchia al letto di sua figlia, balbettando fra i singhiozzi:

—Perdono, perdono…

Adriana lo sentì. Da qualche momento una gran calma si era succeduta nella sua anima… alla tempesta di prima.

Aveva ricevuti i Sacramenti e le parole che il Sacerdote, le aveva rivolte, allorchè essa gli confessò di non aver la forza di perdonare a coloro che le fecero tanto male, le rimasero impresse nella mente.

—Non dite così figlia mia, non siate meno clemente di Dio. Per ogni peccato misericordia, e ricordate che basta talvolta una lacrima sincera di pentimento a scontare una vita d'iniquità…

E suo padre piangeva ai suoi piedi, supplicava di perdonarlo?

Adriana non resistette, le sue labbra serrate si apersero a mezzo ed un nome ne sfuggi.

—Papà.

Era proprio lei che l'aveva chiamato?…

Il conte la fissò un istante cogli occhi velati, foschi, umidi, poi chiese tremando:

—Mi perdoni?

—Sì…

Oh! il grido delirante di gioia! Quanti baci lunghi, ardenti sulla fronte di lei!

Ma sentendo che diveniva di ghiaccio, impallidì spaventosamente…

—Adriana… non morire… non morire…

—È Dio… che lo vuole… E poi che farei ancora al mondo… legata… a quell'uomo…

—Tu sei libera, libera, puoi sposare Gabriele, che ti ama sempre… morrà senza di te…

Il conte non si aspettava l'effetto terribile, fulminante prodotto dalle sue parole…

Lo sciagurato credeva che facendo balenare una speranza di felicità avvenire nell'anima della figlia, l'avrebbe ritornata da morte a vita…

Ma l'esistenza di Adriana non era più attaccala che ad un lievissimo filo: la minima emozione avrebbe bastato a romperlo.

La notizia che si trovava libera, valeva come l'annunzio di morte del marchese Diego… E come era avvenuta? Era forse Maria che si era vendicata? E dove si trovava la giovane? Morta forse anche lei, dacchè nessuno gliene aveva parlato?

Adriana aprì la bocca per domandare, ma dal suo petto non sfuggì che un grido rauco, inarticolato, che si spense in un debole singhiozzo. E le labbra restarono aperte, l'occhio si estinse, il corpo divenne immobile…

Era spirata…

Il conte rimase per alcuni secondi a guardarla con occhio stralunato: i suoi denti si urtavano.

Poi quando cominciò a capire che tutto per Adriana era finito, ebbe un grido di belva ferita a morte e fuggì stringendosi le tempia fra le mani, gemendo, urlando:

—Sono io… io che l'ho uccisa!

Il giorno che Adriana venne seppellita nel Cimitero Monumentale, un giovane che aveva assistito di nascosto, dietro un alto mausoleo, ai minimi particolari della funebre cerimonia, attese che tutti se ne fossero andati, poi lasciò il suo nascondiglio per avvicinarsi a sua volta a quella tomba scavata di fresco e inginocchiatosi si mise a piangere, a singhiozzare come un fanciullo…

Poi quello straziante dolore parve calmarsi… ed il giovane data una rapida occhiata attorno, trasse di tasca una rivoltella.

Ma allora una voce sorse dietro di lui…

—Fermatevi, signor Gabriele—disse—voi non avete il diritto di uccidervi su questa tomba.

Egli si rivolse con impeto e vide dietro a sè Maria, vestita a bruno, ancor pallida e sofferente, ma i cui occhi gettavano lampi, il cui fiero atteggiamento imponeva.

—Voi!—esclamò il giovane balzando turbato in piedi.—E perchè m'impedite di morir qui?

—Perchè invece di dare in tal modo un supremo segno d'amore all'infelice Adriana, disonorereste la sua memoria.

Gabriele ebbe un brusco sussulto.

—Che dite?

—La verità: il sangue che scorre sopra una tomba, lascia sempre una macchia, che nulla vale a detergere. è una profanazione, un sacrilegio. Non ha sofferto abbastanza la povera martire in vita, volete turbarla anche da morta? Se l'esistenza vi pesa, fate come me: dedicatela tutta a qualcuno che vi ami, pur avendo sacro il ricordo della donna amata. Non avete un padre… voi, una madre?

Gabriele divenne livido…

—Li avevo dimenticati—mormorò—grazie di ricordarmelo.

Un sospiro d'immenso refrigerio sollevò il petto di Maria: ella stese la mano al giovane.

—Voi siete buono—disse—siete onesto, nella vostra anima non vi sono rimorsi: potete essere ancora felice.

Egli scosse il capo…

—Ebbene vivete per il dolore—aggiunse dolcemente Maria—sarà questa la più splendida prova d'amore che darete ad Adriana, la quale vi sorriderà dal cielo.

Le lacrime velavano gli occhi di Gabriele.

Piangete? Siete salvo disse ancora Maria ah! se potessi anch'io trovar delle lacrime.

Ebbe un fremito, ma si rimise tosto… e con accento velato, triste.

—Volete che preghiamo insieme sulla tomba di quella martire?—mormorò…

Il conte Patta, dopo la morte di Adriana, tentò altri passi verso
Maria, sperando d'indurla a più miti consigli.

Ma la giovine si mostrò meno clemente della sorella: non seppe nè perdonare, nè dimenticare.

Ella evitò sempre di parlare di suo padre e sarebbe morta prima di rivelare il suo segreto, che Annetta solo conosceva.

Ma ogni settimana, Maria non mancava mai di recarsi a pregare sulla tomba di Adriana, dove veniva sempre raggiunta da Gabriele…

L'una serbava sacro il culto dei ricordi, l'altro quello dell'amore!

FINE.